信長、天を堕とす

木下昌輝

幻冬舎時代小説文庫

信長、天を堕とす

目次

第一章　下天の野望

一

――こ奴らは弱い。

京にある小川表の町を歩きつつ、織田信長はつぶやいた。呉服屋や大寺院が建ちならび、旅人や参拝客がひしめいている。

そのなかに、信長ら一行八十人はいた。

珍奇な獣でも見るかのように、京の人々が目をむけてくる。が、それも長くはつづかない。店にならぶ反物や器、あるいは寺院の伽藍《がらん》へと人々は顔をむける。

織田弾正忠《だんじょうのちゅう》信長――守護代家臣という立場ながら、尾張の半国を支配する若き戦国大名だ。八十人の供を連れて上洛し、堺、奈良と見物して、京へといたった。

信長は小川表の路地をゆっくりと歩きつつ、京の人々へ目を配る。腰は軽く、手や腕は柔らかく白い。得物《えもの》を手に取り、戦ったことがない体つきだ。

背後につづく己の配下たちを見る。

顔は陽に焼け、着衣からのぞく肌のあちこちに傷がある。信長が自ら集め選び、鍛えた馬廻衆《うままわりしゅう》（親衛隊）たちだ。

信長は、群衆たちを鼻で笑う。

今、馬廻衆に抜刀を命じれば、男たちはたちまち逃散するだろう。そして、店にならぶ美しい反物や名物の茶器や仏宝を、すべて手にいれることができる。そんなこともわからずに、呑気《のんき》に商いをしている。

だから、京は何度も兵火で焼かれるのだ。

比叡山の僧兵の横暴に、幾度も屈するのだ。

信長は思いだす。

先日、立ちよった堺でのことだ。南蛮《なんばん》船がつどい、万国の珍品と人であふれていた。が、そこも京と同様だ。商人たちが自治する町は、関東武者が五百人もいれば、滅ぼすことができる。

「こ奴らを倒しても、己の強さの証にはならん」

信長は東へと顔をむけた。

その先には領国の尾張があり、さらに東には海道一の弓取りと呼ばれる今川義元がいる。その後ろには、義元と強力な同盟を結ぶ甲斐の武田信玄と関東の北条氏政、さらにその三国と互角以上に戦火を交える軍神長尾景虎（後の上杉謙信）。万余の強兵が住む国と、それを統《す》べる英雄たちのことを考えると、信長の四肢がぶるりとふるえた。無論のこと、武者ぶるいである。

「己が強者であることを証明する」

信長のひとりごとに、背後につづく馬廻衆たちが一斉にうなずく気配がした。

一時、京に上り、織田の旗印を掲げることも考えた。だが、それは己の強さの証にはならない。こたびの上洛で悟った。

「己は、今川、武田、北条と戦う。そして、かならずや勝つ」

天下に信長の強さを知らせる手段は、それしかない。

二

八十騎の馬蹄が、近江と伊勢を結ぶ八風《はっぷう》街道に轟《とどろ》いていた。先頭を走るのは、白馬に跨《また》がった織田信長。京を去り、近江の守山で一泊してから、出立した。墨がこぼれるようにして、天頂から夜が迫ろうとしている。

「足を緩めるな。このまま尾張まで走る」

信長は馬の尻に鞭《むち》をいれた。

ちらりと背後を見ると、八十騎の馬廻衆が敵に攻めかかるかのような勢いでついてきていた。みな、険しい顔をして肩で息をしているが、馬足は乱れていない。

近江の守山から尾張の清洲《きよす》までの二十七里（約百八キロメートル）を、一昼夜で駆けぬける強行軍である。夜明け前に発ち、もう夕方になっていた。馬廻衆の体軀に疲労はにじんでいるが、闘志には衰えがないことに信長は満足する。

「岩室よ、前へでろ」

信長の命に、馬群のなかから一騎が反応する。長身の若武者が突出して、たちまち信長の白馬にならんだ。

岩室長門守――信長の馬廻衆のなかでも赤母衣《あかほろ》を背負うことが許された最精鋭のひとりで、武だけでなく知略にも通じる才人だ。

「先に尾張へもどれ」

今よりもさらに速く駆けろ、と信長は命じたのだが、岩室長門守の顔色は変わらない。不敵な笑みを浮かべつつ、たずねた。

「先着の用向きは、伝令ですな。林様ですか、それとも佐久間様ですか」

林、佐久間ともに、織田家の家老である。

「いや、ちがう」

馬を責めつつ、信長は首を横にふった。

「水野家だ。諮《はか》りたいことがある。清洲の城にくるように、伝令しろ」

水野家とは、尾張の南東に勢力をもつ一族だ。信長の父の代からの強力な同盟国で、水野家の力を借りることで、織田家は今川家の西進を阻んできた。

「諮りたいこととは、今川家との決戦でございますな」

信長は返答しない。目だけで「いけ」と命じる。

一礼のかわりに、岩室長門守は高々と右手を頭上に掲げた。にぎっていた鞭を、馬の尻に勢いよく振りおろす。岩室長門守の乗る黒馬が弾丸のように駆けぬけていく。すでに陽は沈み、夜の闇が辺りをおおっていた。

三

信長が清洲についたのは、夜が明ける前だった。鞍から飛び降り、城からでてきた小姓から瓢簞《ひょうたん》を引っ手繰《たく》る。水を喉に流しこんだ。その間も、続々と馬廻衆たちが帰ってくる。馬は泡をふいて倒れるが、男たちは両の足で踏ん張り、何でもないという表情をつくっていた。

信長は城の門を潜った。すでに門前に見慣れぬ馬が十数頭繋《つな》がれている。きっと水野家の馬だろう。

「いかがされます。朝餉《あさげ》にしますか、湯の用意もできておりますが」

膝をついたのは、岩室長門守だった。信長の命をうけて、清洲よりさらに遠い水野家の城へいき、もどってきたというのに平然としている。

「いや、評定の間にいく」

ついてきた小姓の何人かが首をかしげたが、岩室長門守だけはちがった。

「わかりました。水野家の皆様もすぐにお呼びします」

水野家との談合にはいるという信長の意図を、すぐさま読み取る。

「して、お着衣は」

信長は旅装姿で、他家と会合する身なりではない。信長が答えるより前に、岩室長門守が頭を下げた。

「これは失礼仕《つかまつ》りました。水野家とは戦陣を何度も共にした仲。身なりを気にかけるなど、些事《さじ》でしたな」

岩室長門守は素早くこうべをめぐらし、小姓に指示をだし、水野家を呼ぶように伝える。

ちょうど、朝日が差しこんできたところだ。

あえて大股で進んだのは、そうしないと疲労に五体を乗っ取られそうだったからだ。評定の間へといたり、たって待つ。

やがて、十数人の武士たちがぞろぞろとやってきた。

「信長殿、京よりの無事のご帰還――」

先頭で頭を下げたのは、中年の武士だった。水野家の棟梁《とうりょう》、水野信元である。

「信元殿、挨拶は不要だ」

信長の言葉に、水野信元は苦笑を浮かべる。信長の性急さを何より知るのが、水野一族だ。今川家に城を囲まれた時に、信長が救援に駆けつけたことがある。この時、嵐の海を信長が危険を顧みず舟で渡った。嵐でさえ躊躇《ちゅうちょ》しない性急さのおかげで、水野家は過去に救われている。

「相変わらずでございますな」と言いつつ、水野家の面々は信長と向きあう形でわった。

「義元を討つ」

信長はみなが尻をつけると同時に、言い放った。

「ついては、水野家の力をお借りしたい」

水野信元は、左右にはべる男たちに目をやった。年齢は水野信元が一番の年長で数えで四十歳、そこから十代の半ばごろまでの男たちがそろっていた。みな、顔のつくりや五体から発せられる雰囲気がよく似ている。水野信元の弟妹《ていまい》は、十人以上いる。弟だけでも八人おり、みな水野家の武将として活躍していた。

「やっとご決断くださいましたか。では、わが兄弟全員を連れてきて、正解でしたな」

水野信元の声に、「まったくでございます」と応じた男がいた。吊りあがった目と耳をもつ、蝙蝠《こうもり》のような顔相をした武士だった。

「私めが、今川家と内通した甲斐もあるというもの」

目や耳のように、唇も吊りあげて男は笑う。

この男の名は、水野信近。水野信元のすぐ下の弟である。三河との国境の刈谷城を守っている。実はこの男、水野家や織田家を裏切ったと見せかけて、間者として今川家に接近していた。

「いや、私めだけでなく、帯刀《たてわき》や高木、梶原も喜びましょう」

水野信近の言う帯刀や高木、梶原は、水野家から織田家中に派遣している侍大将だ。家督相続直後から、弟や庶兄と争っていた信長には侍大将が不足しており、水野家から借りうけることで何とか苦境を乗り切っていた。

だが、もう以前とはちがう。信長のもとには三十里近くを駆けてなお、闘志盛んな馬廻衆が千余騎いる。今川義元の旗本とも互角以上に戦える。とはいえ、戦は馬廻衆だけでできないのも事実。

「雌雄を決するにおいて、要となるのは敵の総大将の居場所を知ることだ」

居場所さえわかれば、信長と馬廻衆が強襲をかけられる。

「信近殿だけでは、心もとなかろう」

間者として今川家に接近するのに成功したといっても、水野信近は水野家の一族だ。今川家の軍議に列席するのは不可能だ。

水野信元と水野信近の兄弟は、素早く目配せする。

「そのことならば、心配ご無用」

言ったのは、水野信元だった。

「今川家の将のなかに、ひとり内通者のあてがあります」

「信元様らの甥でございますか」

口を挟んだのは、岩室長門守だった。

水野信元と水野信近は同時にうなずく。

水野家には、於大《おだい》という女性がいる。信元らの妹だ。かつて三河の松平家に嫁ぎ、男児をなした。が、水野家が織田家についたことで、松平家を離縁されて水野家にもどっている。松平家に残された男児は、今は松平蔵人《くろうど》元康と名乗り、今川家の一翼を担う武将に成長している。

　実は信長も面識があった。父信秀が、松平家を味方にするために、於大の産んだ男児（後の松平元康）を拐《かどわ》かしたのだ。もっとも直後に信長の庶兄が戦で負けて、今川家の人質となり、両者を交換する形で、松平元康は信長と別れている。

「竹千代を内通者につかうのか」

　信長は、松平元康を幼時の名で呼んだ。

「我らが甥である元康は、あの大軍師太原雪斎《たいげんせっさい》の薫陶をうけ、義元めの信も厚いとのこと」

　まるで自分たちが育てたかのように、水野兄弟は胸を張った。元康は今川一族の娘を娶《めと》り、今は長男ももうけている。だが、どうもその子が元康の種ではないという不穏な噂がある。

「血が繋がっていないかもしれぬ子への情よりも、実母への情。わが妹の於大をつかえば、元康はかならずや我らが手駒となりましょう」

水野兄弟が誇らしげに胸を張った。なら、今川家の総大将の居所を知るのはたやすい。あとは、そこに信長の馬廻衆をぶつけるだけだ。

四

さきほどまで水野兄弟が座していた場所にいるのは、岩室長門守といまひとりの武者だった。長身の岩室長門守とちがい、背は高くない。が、肩幅は広く、体は引きしまっている。

簗田《やなだ》出羽守《でわのかみ》政綱《まさつな》――馬廻衆ではないが、才知に長けた信長の腹心のひとりだ。水野家が退室し、かわって呼びだされた。今、評定の間にいるのは、信長と岩室長門守、そして簗田出羽守の三人のみ。

「水野家が、竹千代を調略するそうだ」

信長はぽつりと言う。岩室長門守はうなずいたが、簗田出羽守は首をかしげた。

信長の言葉はいつもすくない。が、考えがないわけではない。説明する暇が惜しいのだ。

「水野家だけではなく、織田家も独自で今川家を調略し、内通者をつくるべきだとおっしゃっております」

「ああ」と、簗田出羽守は手を打った。

「たしかに、水野様は信に足るお方ですが、たよりすぎるのも、この乱世では考えものですな」

もともと頭の回転の速い簗田出羽守には、それだけの説明で十分だった。

もし今川家との合戦を、水野家の調略主導で進み勝利すれば、水野家は力をもちすぎる。下手をすれば、織田家が従属を強いられる。それでなくても、織田家には水野家縁《ゆかり》の侍大将が多い。

「今川家中に、竹千代とは別に内通者をつくる。誰ぞ適当な者はおらぬか」

岩室長門守と簗田出羽守は、腕を組んで考えこむ。

信長も、頭で今川家の家中に思いを馳せた。

今川家は、大きく三つの集団から成る。

ひとつは、譜代衆。朝比奈《あさひな》、福島、岡部など、先祖代々今川家の禄を食《は》んだ一団だ。その忠勇さは東海随一で、信長といえど調略でつけこむ隙はない。

では、もうひとつの集団に目をつけるか。それが、浪人衆である。今川義元ほど才ある武者を集めた戦国大名はいない。出自が定かでなくとも、積極的に登用した。新参ながら親子三代でつかえる小倉一族、近江出身の能吏青木と加賀、智謀の士とされる大原兄弟と坂井、一説には武田信玄の従兄弟とも噂される一宮随波斎《いちのみやずいはさい》などだ。義元に取りたてられた彼らが、軽々に裏切るとは思えない。

「となれば、狙いは三つ目の外様衆ですな」

岩室長門守の言葉に、簗田出羽守がうなずいた。三河遠江《とおとうみ》には、今川家が征服した国人衆が多くいる。

簗田出羽守の瞳が左右にせわしなく動いた。

「外様衆の井伊家はいかがでしょうか」

「なぜ、井伊家なのだ」

信長が簗田出羽守に理由を問う。簗田出羽守の説明は、こうだ。もともと強兵で知られる井伊家は、乱世に巻きこまれ没落し今川家に屈服した。だけではない。井伊の家老には小野政次《まさつぐ》という者がおり、今川家からつけられた目付けだという。

「この小野家の讒言《ざんげん》で、井伊家の一族は義元めに処刑されております」

つまり、井伊家は今川家に恨みをもっているということだ。

「さらに、現当主の直盛には、男児がおりませぬ。女子だけですが、少々厄介な問題をかかえております」

築田出羽守のもって回った言い方に、信長は床を指で叩いて先を促した。

「これは失礼致しました。井伊の娘、たしか名をお寅と申しましたか。目付けの小野一族の男児を婿養子に迎える手はずが、それを嫌がり仏門にはいったとのことです」

「井伊家は、今川家から送られた小野一族との間に一筋縄でいかぬ確執があるのですな。しかも、直系の後継者がおらぬとなれば、つけこむ隙は多そうですな」

岩室長門守が満足そうに言う。

「して、調略の伝手《つて》はおありか」

「ひとつ、あります」

「申せ」と、信長はふたたび己の膝を叩く。

「南渓瑞聞《なんけいずいもん》和尚――この者は井伊一族のひとりで、拙者の遠戚の者とも付きあいがあり申す」

信長の決断は早い。簗田出羽守が言い終わる前に、すっくと立ちあがる。

「井伊を調略する。己自ら、遠江へいく」

岩室長門守と簗田出羽守が目を見合わせる。信長が敵地である遠江へいくというのだ。危険極まりない。

が、ふたりは反対することはなかった。信長の気性を知っているからだ。たった八十騎で敵地美濃をとおり上洛しもどってきたのは、今日の朝のことだ。まむしと呼ばれた斎藤道三とも、信長は少人数で面会したことがある。それらに比べれば些事にすぎない。

五

白馬の鞍の上で、信長は山峡から吹きぬける風を味わっていた。今、信長たちは遠江国の井伊谷にいる。浜名湖にそそぐ井伊谷川がつくった平野は山に囲まれ、そのうちのひとつの頂きに館のような城があった。

「ここが井伊谷《いいのや》か」

「なるほど、井伊谷の強兵とはよく言ったものですな」

隣で感心する長身の武士は、岩室長門守だ。

井伊家の侍たちであろうか、目の前では数十人の武者たちが槍をふるって調練をしている。たしかに槍さばきは鋭く、刃が風を切る音が、信長の耳にもしっかりと届く。繋がれている馬の体も引きしまっていた。

「我らの身元がばれれば、信長様の駿馬でも逃げるのは難しいやもしれませぬな」

仕官を求める浪人を装って、あえて十人に満たぬ人数で信長は赴いていた。といっても、さすがに信長自身が井伊直盛の居城に出向くのは危険なので、簗田出羽守を遣わして結果を待っているところだ。

「井伊家の強兵が味方になれば、たのもしい限り」

岩室長門守が目を細めた。

武士だけでなく、百姓たちも畑仕事の合間に棒をふるっている姿があった。

「いや、こ奴らは強くはない」

信長の言葉に、岩室長門守が怪訝そうな顔をした。

「たしかに体は逞しい。槍さばきも速い。だが――」

調練の様子を、信長は見つめる。

「野心がない。奴らは、己の身を守ることしか考えていない。狼のように体が屈強でも、心が犬ならば、そ奴らは戦場では役にたたぬ」

逆にいえば、野心さえあれば弱くても狼に変じることができる。それを証明したのが、信長だ。弱兵と呼ばれる尾張の武士を鍛え、馬廻衆を編成した。そして幾度も少数の兵で、大敵を討ち破ってきた。

「そういうものでございましょうか……」

珍しく、岩室長門守は不満気だ。

案外――と信長は思う。

井伊谷の兵に剽悍《ひょうかん》さが欠けているのは、当主の井伊直盛のせいかもしれぬ。聞けば、奴は外様衆として常に危険な先手をまかされることに嫌気がさしているという。信長にしてみれば、先手は手柄をあげることができる絶好の仕事場だ。後陣で指をくわえているより、はるかに待遇がいい。が、井伊直盛にはそうした考えができぬようだ。

ひとりの武者が馬を歩ませる姿が目についた。低い背と対照的な広い肩幅は、築田出羽守だ。固く結んだ口元から、調略の不首尾を悟らざるを得ない。

「どうであった」

下馬する前にきくと、はたして簗田出羽守は首を無念そうにふった。

「遠州一国という条件で交渉しましたが、ことわられました」

横にいる岩室長門守が、ため息を吐きだす。

が、信長に無念と思う気持ちはすくない。井伊谷の兵たちの様子から、すでに半ば以上井伊直盛を見限っていたからだ。

「わかった。尾張に帰るぞ」

今川家への調略は、水野家にまかせるしかない。つまり、主導権を水野家にゆずるということだ。

腹の底から苦いものがにじむ。

織田家にいる水野閥ともいうべき水野家縁の侍大将たちが、不穏な動きを見せつつあった。家督争いで信長の敵についた家老の林や柴田と、結びつこうとしているのだ。

協力するふりをして、水野家も織田家を密かに蚕食《さんしょく》しようとしている。

それを阻止するには……

——己がひきいる馬廻衆で、今川義元の首をとる。

それほどの功をあげれば、水野家と結ぶ林、柴田らの増長を御することができる。

「うん」と、信長は馬の足を思わず緩めた。寺の前で、小坊主たちが勇ましく薙刀《なぎなた》をふるっている。それを采配している者が、異様だった。切りそろえられた短い髪は、尼である。黒い僧服に汗をしたたらせ、薙刀をふるっていた。歳のころは、まだ二十に達していない。

「ほお、尼にしては悪くないですな」

からかうような口調で岩室長門守が言った。

「たしかに」と、信長はうなずく。

案外……と信長は心中でつぶやく。目の前の尼が、もし井伊直盛の娘のお寅ならば、たのむに足るかもしれない。わが弟のひとりを婿にくれてやれば、あるいは井伊家もなびくか。

信長の思考を打ち消したのは、自身の漏らした失笑だった。

井伊直盛の娘は武家の縁談をことわり、自ら仏門にはいった臆病な女と聞く。目の前の少女のような苛烈さを、持ちあわせているわけがない。

六

空気は暑く、冷たかった。

五月の暑気に混じるのは、織田の諸将の怖気《おじけ》である。信長は、評定の間につどう家老たちに目を配った。みな、顔が青ざめている。だけでなく、何人かは小刻みにふるえていた。こめかみを流れるのは、恐怖ゆえの脂汗だろう。

「ご注進」と、声が鳴りひびいた。それだけで、何人かの将の両肩が無様に跳ねあがる。

「佐久間様からの伝令です。敵は、明日の夜明けとともに、丸根鷲津《わしづ》の両砦に攻めかかるとのこと」

家老たちが尻を浮かし、どよめきの声をあげた。

とうとう、今川義元は軍を発した。

名目は、尾張にある今川方の拠点、鳴海と大高の両城を囲った織田の砦を攻め落とすことである。動員した兵力は、二万五千。砦を落とし城を救うにしては、明らかに多すぎる。義元の狙いが砦の陥落ではなく、尾張の平定にあるのは一目瞭然だ。

「籠城だ。今すぐ、丸根鷲津の兵を清洲に集めるのです」

「いや、ちがう。逆に丸根鷲津の砦に兵をこめて、今川に対抗するのじゃ」

家老たちが立ちあがり激論を戦わせるが、誰も出撃しようなどと言わぬ。信長は横にひかえる岩室長門守を見た。片頰をもちあげて、不敵に笑っている。

すでに水野家からの連絡で、今川家の動きは知っていた。兵の駆け引きのできぬ満潮となる夜明けに、丸根鷲津の両砦を攻める。先手の将は、譜代衆筆頭の朝比奈泰朝《やすとも》と外様衆筆頭の松平元康。さらに、朝比奈泰朝の軍にあの井伊直盛も含まれているという。

最前線の将である佐久間と水野家からの報せに相違がないということは、松平元康の調略は成功したということだ。

「方々、お静まりあれ」

岩室長門守が声を張りあげた。

将たちが、青ざめた顔をむける。目差《まなざ》しも信長に集まる。すがるような瞳ばかりだ。

弱き者どもめ、と信長は内心で罵倒する。

「今宵は、もう遅い。城下の屋敷におもどりあれ」

「な、なんだと」

岩室長門守の言葉に、みなが愕然とする。

「丸根や鷲津はどうされるのです。明朝には、今川の攻撃がはじまるのですぞ」

ひとりの家老がにじりでたが、信長は一瞥《いちべつ》さえもくれない。

「そのことなら、心配ご無用」

すかさず、岩室長門守が補足する。

「今川は着陣したばかり。兵の常法からも、砦攻めは数日後。明朝に攻めるという報せは、我らを惑わす敵の策略。ここで動けば、逆に今川勢の笑いものになりますぞ」

岩室長門守の言葉に、どよめきが広がる。何人かは露骨に蔑《さげす》みの視線を寄越す。

「あわてて動けば、敵の思う壺だ。今は力を溜める時だ」

信長は、岩室長門守に加勢するかのように言葉をそえた。

つどった家老たちの顔がゆがむ。

「さあ、早う、お帰りあれ。殿も今からお休みになる」

岩室長門守が立ちあがり、大きく手を打った。まるで犬でも追い払うようにして、家老たちを退席させる。入れかわるようにはいってきたのは、十数人の馬廻衆の長たちだ。鎧を着込み、背に赤や黒の母衣を背負っている。

馬廻衆にだけ、信長は自身の意図を知らせていた。信長が清洲の城をでて、今川義元に対して乾坤一擲《けんこんいってき》の野戦に打ってでる。そのために、信長がうつけを装っていることもだ。

ここにいない馬廻衆は、清洲の城下やあらかじめ軍勢集結地と決めた熱田神宮周辺に配している。

ふと、全員が顔を同じ方角にむけた。

今川軍のいる南東である。歴戦の馬廻衆たちの顔に、緊張の色が走る。

はるか先の敵の鯨波《げいは》が、かすかに聞こえてきたのだ。

七

赤黒の母衣を背負った武者たちが、評定の間で胡座《あぐら》をかいていた。ある者はせわしなく貧乏ゆすりをし、ある者はぶつぶつと何事かをつぶやき、ある者は壁をずっと睨みつづけている。

その中心にいるのは、織田信長と岩室長門守だ。すでに脛当《すねあて》と籠手《こて》をつけた、小具足姿だ。黒糸威《くろいとおどし》の甲冑を横におき、一報を待っていた。

やがて、床板を踏みならす音が聞こえてきた。武者たちがすかさず立ちあがる。外を見ると、かすかに闇がうすまっていた。

足音が到着するより早く、襖《ふすま》を母衣武者たちが開け放つ。

「今川軍が動きました。丸根鷲津を強襲しています」

信長は素早く母衣武者たちと目配せする。

「城下の馬廻衆たちに呼集をかけます」

「それがしは熱田で待つ仲間に報せます」

打ち合わせどおり、数人が一礼とともに走り去る。信長はかたわらにひかえる長身の男に目をやった。

「勝負時でございますな」

岩室長門守が目尻を下げて言う。

うなずいてから、「舞う」と思わずつぶやいていた。

「承知しました。『敦盛《あつもり》』ですな」

幸若舞《こうわかまい》の「敦盛」の一節を、信長は何よりも愛していた。

扇を開き、前へとかざす。腰をゆっくりと落とした。伴奏はないが、かまわない。

――人間《じんかん》五十年、下天のうちを比ぶれば、夢幻のごとくなり。

決戦の前に昂《たか》ぶりすぎた気を静め、あるいは穂先のように殺気を研ぐために、信長は舞い、唄った。

――一度生を享《う》け滅せぬ者のあるべきか。

終わると同時に、扇を床に投げ捨てる。

「湯漬けをもて、法螺貝《ほらがい》をふけ」

法螺貝の音を聞きつつ、湯気をたてる茶碗を受けとる。小姓たちに甲冑の紐を縛らせ、湯漬けをかきこんだ。

縛り終えるのと、茶碗が空になるのは同時だった。大股で庭へとでる。いつのまにか評定の間から消えていた岩室長門守が、信長の白馬を従えて待っていた。左手には、自身の黒馬の手綱もにぎっている。

清洲の城に、銅鑼《どら》や太鼓、法螺貝の音がけたたましく鳴りひびいた。侍女や小姓があわてふためき、ぶつかりあっている。

「今より、出陣する。熱田神宮まで駆けよ」

城門が開くのと、東の空が焼けるように明るくなるのはほぼ同時だった。

「つづけ。遅れるものは、おいていく」

信長は白駒《はっく》に鞭をくれた。前足が跳ねあがり、つづいて後足が地面を蹴る。周囲の景色が、濁流のように後方へと流れる。

八

広大な熱田神宮の境内に、織田信長は腕を組んで仁王にたっていた。社殿を背にして、睨みつける。

足がふるえ、目の前が真っ暗になりそうだった。

地平を完全に脱した太陽が、責めるように信長のうなじを焼く。嚙みしめる奥歯から、苦い味が染みる。

目の前にいるのは、千余の馬廻衆――ではない。赤黒の母衣を背負った鎧武者がたったの五人いるだけだ。その従者たちが粗末な胴丸に身をつつんでいるが、あわせても二百人に足らない。

「なぜだ」

知らず知らずのうちに、信長はつぶやく。どうして、五人しかいない。千余の馬廻衆はどうした。信長出撃の合図とともに、熱田神宮につどう手筈ではなかったか。

こめかみの皮膚が破れんかと思うほど、引っぱられる。

五人の鎧武者と従者たちが、一斉に顔を南東にむけた。信長の視界のすみにも、黒い線が二本立ちのぼる。丸根鷲津両砦から黒煙が噴きだしているのだ。とうとう、ふたつの砦が今川軍の手によって落ちた。

「おのれ、臆病風にふかれたか」

それ以外に、馬廻衆がつどわぬ理由はない。

視界がゆれている。己がふるえているのか、それとも地面がぐらついているのか。それさえも判然としなかった。三々五々と集まるのは、武士ではない。戦見物の町民や百姓、神官たちだ。

「信長様」と声をかけたのは、岩室長門守だった。この状況にあってなお、微笑をたたえている。

「気を落とされますな」

思わず睨みつけたが、岩室長門守の表情は変わらない。

「こんなこともあろうかと、策を用意しておきました」

懐から取りだしたのは、一枚の銭だった。「永楽通宝」と刻印されている。信長が旗印の意匠にも使っている、永楽通宝の銅銭だった。

「策とは何だ。まさか、銭占いをするつもりか」

「ご名答」

「ふざけるな。己に神頼みをしろというのか」

岩室長門守は銭を裏返す。本来なら無地のはずの裏面だが、「永楽通宝」と表と同じく刻印されていた。裏のない、両面とも表の銅銭ではないか。

「この銭ならば、表がかならずでます。そして、三度戦占いをするのです。当然、三度とも表。熱田の神のご加護があり、と見物の衆は思うでしょう」

岩室長門守は視線を銭と信長から外し、周りを見る。いつのまにか、人だかりができていた。尾張は熱田大神の信仰が厚い。信長の家臣や馬廻衆も、熱田の信徒が多くを占めている。

「見物の衆の口から、すぐさま熱田周辺にいる馬廻衆のもとに戦占いの結果は届くはず」

見れば、群衆の中には何人か見覚えのある顔がある。馬廻衆の従者たちだ。きっと熱田神宮の近くに本人は潜み、様子を探らせているのだろう。

「イカサマの銭で、信徒を騙し、兵を集めるのか」

「はい」と、岩室長門守は短く返答する。

唾棄《だき》したい衝動を、信長は必死に堪えた。怒りでふるえる四肢が、黒糸威の鎧に音を奏でさせる。

ちらほらと馬廻衆が集まりつつあるが、それでもやっと二十人を数える程度。千人集まるのを待っていたら、尾張は今川軍に蹂躙《じゅうりん》されてしまう。

信長は決断せざるを得ない。

岩室長門守から、銭をむしり取った。

一歩二歩と進み、群衆と正対する。腕を突きつけ、指で一枚の銭を示す。

「見よ、これはわが織田家が旗印にも使っている永楽通宝だ」

群衆の視線が、信長の突きだした銭に集まる。

「今より、神占いをする。大敵今川治部大輔《じぶのだいぶ》義元めを調伏する力があるや、なきやを、熱田の神に問わん」

どよめきの大きさが、つどう人々の信心の深さを表していた。

「三度表ならば、わが勝利。一度でも裏がでれば、我は滅ぶ。熱田の衆よ、とくと見届けよ」

指示せずとも、群衆たちがぞろぞろと前へでて信長を囲んだ。

指で永楽通宝を弾く。宙で回転しつつ、地に落ちた。

群衆がうなった。

「永楽通宝」の四文字が上をむいていたからだ。落ちた銭を拾い、さきほどより高く放り投げた。群衆が砕けるように散ったのは、そこに銭が落ちようとしたからである。銭にふれれば神占いをさえぎったとして、天罰が下るとみなが信じている。

またも、歓声がおこった。信長は見ずとも、表がでたことを悟る。

銭のところまで歩み、また取りあげた。

「最後の一投だ。みな、瞠目《どうもく》して見届けよ」

力の限り天へと放り投げた。陽光を鈍く反射して、頂点で失速して落ちる。

図ったかのように、信長の足元で跳ねた。

「あァ」と、声をあげたのは岩室長門守だった。

「こ、これは」

目をむいて、岩室長門守が近よる。力を失った独楽《こま》のように、銭は地に接する縁を中心に回転していた。裏と表が、交互に視界に映る。

信長が投じたのは、岩室長門守の細工した銭ではなかった。

「どういうつもりですか。もし、裏がでれば……」

今、わずかに集まっている馬廻衆たちも四散してしまうだろう。

「小細工は好かぬ。神頼み以上にな」

もう一方の掌に隠していたものを、岩室長門守の胸に押しつけた。両面とも表の永楽通宝だ。

小細工の銭では、群衆は騙せない。

信長の体の所作に、どこか作為が匂い、人々は無意識に感じ取る。今川軍に立ちむかうのに必要なのは、熱狂だ。そのためには、信長自身が滅亡を天秤にかけた博《ばく》打《ち》を打つ必要があった。

銭は徐々に力を失い、回転を止めようとしている。

岩室長門守は目をつむった。

囲む群衆全員が、息を止めている。

ばたりと銭が地に倒れ伏す。

天が破れんかと思うほどの喝采が沸きおこった。まるで熱田神宮の神域が、ひとつの巨大な生き物に変じ、雄《お》叫《たけ》びをあげるかのようだった。

信長はゆっくりと歩み、銭を手に取り、みなに裏表を見せつける。

群衆が左右に分かれた。

できた道の先にいるのは、鎧をきた灰髪の武者だ。手には刀ではなく、祈禱に使う玉串をもっている。

千秋四郎季忠《せんしゅうしろうすえただ》――熱田の神官にして、織田家の武将である。

「千秋、見届けたか」

神官であり武人でもある男は、両膝をおって信長の声に応えた。

「熱田の神意、しかとこの千秋四郎が見届けました。ならば、熱田の神官でもあるこの千秋めの役目はひとつ。信徒を従えて、今川治部大輔義元めを調伏する神戦の先手となること」

立ちあがった神官の目には、滾《たぎ》るような闘志がたたえられていた。見ると、群衆のむこうから旗印がちらほらと立ちあがりはじめていた。旌旗《せいき》を風になびかせて、馬廻衆が熱田神宮へとつどおうとしている。

九

一千余の馬廻衆、そして身の丈の四倍はあろうかという長槍をもつ足軽たちを従えた織田信長は、丹下砦へとはいった。出迎えたのは、守将である水野帯刀だ。家督相続以来、信長のもとに派遣されている水野家の一族だ。

「お待ちしておりました、信長様」

頭を下げる水野帯刀の横に、見慣れぬ一団がいた。ひきいるのは、長大な野太刀を肩に担ぐ侍大将だ。

「水野家の者か」

野太刀を担ぐ武者は、ふてぶてしくうなずいた。

「水野太郎作と申します。ご援軍として、参りました」

水野太郎作――水野一族のひとりで太刀打ちをさせれば東海一と名高い勇者だ。たのもしく思う反面、信長は警戒もする。もし、この水野太郎作という男が義元の首をあげることがあれば、織田家は完全に水野家の傀儡《かいらい》になってしまう。

「岩室は」

水野帯刀に、信長はきいた。

岩室長門守は、先発した千秋四郎らにつけていた。見れば、待機しているはずの千秋四郎らの姿も見えない。

「はい。我らが義元めの本陣の場所を伝えると、千秋殿らが勇んで打ってでられました。岩室殿はそれを制止せんと同行しましたが……」

水野帯刀は語尾を濁らせた。

信長は、舌打ちを口のなかで嚙みつぶす。いくら義元の居場所がわかっているからといって、千秋ら少人数の兵がでても犬死にするだけだ。

だが、悔やんでいる暇はない。素早く信長は思考を切りかえる。

「よし、今より、善照寺砦、中島砦へと進む。これより、今川義元めに決戦を挑む」

信長の下知に、麾下《きか》の兵がざわついた。信長の強襲作戦を知る水野帯刀と水野太郎作でさえも、顔を強張《こわば》らせる。

「し、しかし、そうすれば、信長様が出撃したことが敵に知られます」

丹下、善照寺、中島の砦は、囲む今川方の鳴海城とは歩いて四半刻（約三十分）もかからない。姿を隠すような丘や木立もない。信長が寡兵であることが、白日のもとにさらされてしまう。

「かまわぬ」

目を砦の守将にやった。

作戦を知る水野帯刀がうなずいて、丹下砦の門を開けるように命じる。

敵に悟られてもかまわない。否、そうせねばならない。信長出撃を知らせること で、今川軍に隙ができる。砦を攻める布陣をしく敵は、このまま砦を攻めるべきか、それとも信長を討つべく布陣を変えるべきか、迷うはずだ。無論、義元はすぐに命令を下すだろうが、末端まで指示が行きわたるのには時を要する。その間に、今川義元の本陣を織田信長の馬廻衆が強襲するのだ。

「帯刀、太郎作、義元めの本陣は」

きしむ門を睨みつつきく。

やがて完全に門が開け放たれた。視界の先には味方の善照寺砦、そのむこうには低い山々が連なる丘陵群と、その頂きに布陣する二万五千の今川軍が見えた。

「義元めが陣するは、桶狭間山《おけはざまやま》」

帯刀と太郎作が同時に答えた。

信長の視線が、ひとつの山に吸いこまれる。他の山々より頭ひとつ大きく、白い帷幕《いばく》が幾重にも張りめぐらされていた。あの位置ならば、戦場全体を俯瞰《ふかん》できる。総大将が全体を検分できる場所に陣を取るのは定石だ。桶狭間山に、間違いなく今川義元がいる。

十

信長らの軍勢およそ二千は、桶狭間山を目指していた。

折りしかれた骸《むくろ》が、目の前を阻む。他家よりも長い槍が、地に散らばっていた。先駆けした、千秋らの兵だ。どうやら、今川軍の前衛と当たり、全滅させられてしまったようだ。

織田軍の足も鈍くなる。

熱田大神の加護を信じていた信徒たちの顔からも血の気がひく。

迂回するべきか、と信長は一瞬迷う。だが、周囲から敵が迫らんとする音がひびいていた。大地を踏む音と鯨波が、分厚い壁となって織田軍を囲むかのようだ。すこしでも遠回りをすれば、義元本陣にたどりつく前に包囲されてしまう。

「進め、骸を乗り越えろ」

信長は下知を飛ばした。自らが先頭となって、骸たちのなかへと馬をいれる。

さらに先には、今川軍の前衛がひかえているのがわかる。殺気をこちらへとむけていた。ついさきほどまで千秋の軍と戦っていたのだろう。近づくにつれ、血と汗の臭いが濃くなっていく。

信長の背後につづく兵が、ごくりと唾を呑んだ。この前衛を破らねば、今川義元の本陣にはたどりつけない。いや、たどりついたとしても、傷つき数を減らした信長たちに勝ち目はあるのか。

万が一、ここで手こずろうものなら包囲され全滅させられてしまう。

邪念を振りはらおうとした時だった。

頭上に墨をこぼしたかのような、どす黒い雲が広がっている。

まるで空を食むかのように、黒雲は肥え巨大になっていく。

首筋をなでる風に、さすがの信長もぶるりとふるえた。何か巨大なものが、急速にこちらに近づいてくる。太鼓を乱打するかのような音は、敵の足音ではない。

これは、雷か。

「伏せろ。みな、頭を下げろ」

本能が、信長に命令を発させる。

兜をもぎ取らんばかりの風が襲った。背中から前へと吹きぬけている。

「うわぁぁ」

悲鳴とともに、旗や手槍が飛んだ。

何人もが地に倒れ転がる。

精強な馬廻衆が、女子供のように無様に大地に抱きついていた。全員の顔が、恐怖に引きつっている。

「こらえろ」と叫びつつも、信長も白馬の首にしがみつかざるを得ない。

「熱田の神戦だあ」

どこからか、叫びが聞こえてきた。細くまぶたを開けた。目をやると、はるか横にひとりの長身の武士がたっている。

「風は熱田の方角からふいておりまするぞぉ」

長身の武士は血まみれの具足をつけて、叫んでいる。

「岩室か、生きていたのか」

信長の声に、岩室長門守は腕を突きあげた。そして、風がふく方角を指さす。

たしかに、熱田神宮はその先にある。岩室長門守はつづいて、腕を反対へむけた。

丘の上に布陣する今川軍に、風が襲いかかっていた。信長軍から飛んだ手槍や旗、兜が、凶器となって降りそそいでいる。

帷幕を紙のように吹きあげ、散らす。柵を形づくる太い柱が、次々と倒れていた。だけでなく、拳ほどはある雹《ひょう》が打ちこまれるかのようにめりこむ。

素早く、信長は身をおこす。槍を突き刺して、杖にした。

「恐れるな。風は、熱田神宮からふいている」

信長の一喝は、狂風に怯《おび》えていた兵たちの瞳に小さな火を灯した。

「これこそが、まさしく熱田の神慮」

信長の言葉は油に変じ、兵たちの瞳にそそがれる。

全軍全馬が、勇ましく立ちあがった。そして、口を開けて叫ぶ。

「この神風こそ、熱田大明神のご加護」

「神戦である、何よりの証左じゃあ」

信長を追い越すように、兵たちが駆けていく。信長も槍を突きつけた。穂先をたどると、狂風に混乱するばかりの今川軍の前衛がいる。

「すわ、かかれ」

下知に応えるかのように、背後から一際大きな風がふき、信長たちの背を押した。雹混じりの雷雨が、一斉に大地に降りそそぐ。

十一

「義元様、討ち死に」

「総大将様、ご切腹」

戦場に轟く声を聞きつつ、信長らは桶狭間山を攻めている。今川軍の前衛を打ち破った兵士たちは、さきほどまで降っていた雨と血で濡れそぼっていた。麓には、義元だけが乗ることを許された朱の塗輿《ぬりごし》が転がっている。

桶狭間山も神風をうけて、陣が崩壊していた。信長らが山肌に兵を登らせると、足軽たちが算を乱し散り散りになった。信長はここで一手を打つ。自軍の足軽たちに義元が死んだと叫ばせて、敗兵に忍ばせた。周囲に配された今川軍が援軍に駆けつけると、厄介だ。だが、総大将が死ねば軍は崩れる。それは、偽報でもしかりだ。

「さあ、信長様」

横から息を吹きかけるように語りかけたのは、血まみれの岩室長門守だった。目は爛々と輝き、口角は極限まで吊りあがっている。

「あとは、獲物を狩るだけですぞ」

岩室長門守の視線に促されるままに見ると、敵の旗本と思しき一団が集まっていた。その数は三百ほどか。きらきらと光るものがあるのは、黄金の兜をかぶっている将がいるからだ。

「あそこだ。獲物を逃すな」

信長は血に濡れた槍を突きつけた。義元は戦の折、必ず黄金の兜をかぶる。

真っ先に反応したのは、野太刀をもつ水野太郎作だ。長大な得物をふるい、敵をなぎ倒し突進する。後を猛追するのは、三人の織田家の馬廻衆。ひとりは黒い母衣を背負った毛利新助、馬廻衆の最精鋭のひとりだ。残るふたりは、服部兄弟。

水野太郎作、毛利新助、服部兄弟の四人は、猟犬のごとく義元の旗本へと躍りかかった。敵の末期《まつご》を予言するかのように、四方から「義元様、討ち死に」という声が聞こえてくる。それは信長が放った足軽の数よりも、ずっと多くなっていた。

十二

白馬を降り、信長も血槍をふるう。義元を守る旗本は、ひとり、ふたりと次々と討ち死にしていく。

なぜだ――と槍をふるいつつ、敵に問いかける。義元を見捨てれば逃げ延びられるのに、誰もそうはしない。盾になって、次々と斃《たお》れていく。

「うぉぉおぉ」

咆哮《ほうこう》が右から左に突きぬける。ひとりの侍大将が目を血走らせ、太刀を振りあげていた。

またか、と思う。

血槍で太刀を弾き、返し様に太腿を薙《な》ぐ。

「久能半内、これしきのことで退かぬ」

太腿を朱に染めつつ、太刀を打ちこんでくる。さらに横からも、侍大将たちがあらわれた。

「浅井小四郎」

「吉田武蔵守」

体中に矢を突きたてながら、手槍をふるう。

「無礼者が」

侍大将の前に立ちはだかったのは、岩室長門守だった。長刀を手にもつ長身の体を捻り、手負いの武者たちの喉笛に切っ先をめりこませる。

「まだか」と、信長は叫ぶ。

義元の旗本はその数を半分以下に減らしながらも、果敢に戦っている。

二百に満たぬ旗本を二千の織田軍が一気に蹴散らせぬのには、訳があった。

「江尻民部」

「伊豆権平」

長刀と槍をかまえた侍大将が、左右から殺到する。周りに布陣していた今川軍の侍大将が駆けつけてきたのだ。

「お館様の首を取らせるか」

ある者は、義元を助けるためだった。

「石川新左衛門、お館様の黄泉路《よみじ》の供をせん」

ある者は信長が流した偽報を信じ、義元に殉じようとしている。

足軽はほとんど引きつれていない。きっと、義元本陣に織田軍が殺到したことで、義元討ち死に間違いなしと見て、散り散りになったのだろう。にもかかわらず、侍大将たちが、決死の形相で駆けつけてくる。

「くそ」と、血肉がこびりついた槍を信長は捨てた。刀をぬく。

また駆けつけた侍大将を斬る。

手にひびく感触に、顔をゆがめた。

いつもなら、敵に打ち勝てば快感が五体を貫いた。しかし、今はちがう。義元の危機に駆けつける侍大将を斬るたびに、胆が汚泥で穢《けが》されるかのようだ。

また駆けつけた侍大将を斬った時、爆《は》ぜるように脳裏に光景が浮かんだ。

熱田神宮の境内だ。

広々とした神域に、ぽつんぽつんとたたずむ五騎の馬廻衆。

なぜだ、と心中で叫んだ。

十死零生の状況は、あの時の信長も今の義元も変わらない。にもかかわらず、なぜ、信長には五騎しか馳せ参ぜず、義元には次から次へと侍大将たちが駆けつけるのだ。

手にもつ刀がずしりと重く感じたのは、疲労のせいではない。

——もし、己が義元の立場なら、馬廻衆たちは駆けつけてくれるのか。

刀を取り落としそうになった。

思わず天を仰いだ。

黒雲の名残が、うすく棚引き陽をさえぎっている。まばらに落ちる雨が、顔に穴をうがつかのようだ。

「井伊信濃守直盛ィ」

轟いた声に、あわてて目をもどす。ひとりの武者が、刀を振りあげていた。

譜代衆だけでなく、外様衆も義元のために身をなげうつのか。

井伊直盛と刀を打ちあわす。一合ごとに体中の血が濁り、凝固するかのようだった。もう自分が刀をふるっているのか、刀に振りまわされているのかもわからない。

視界のすみでは、岩室長門守も駆けつけた井伊勢と血刀を交わらせていた。信長と岩室長門守の刀は刃こぼれして、もう敵の命を奪う鋭利さは残されていない。

すこしでも油断すれば、迫る井伊直盛の刃を受けとめられない。

波濤が肌を打ちつけたかと思った。

鋭かった井伊直盛の剣戟《けんげき》もぶれる。

勝鬨《かちどき》が沸きおこっていた。

地をゆらすほどの喚声。

目をやると、義元の旗本のすべてが血を流し地に伏していた。

ひとりの男が——黒母衣を背負った武者が腕を天に突きつけていた。陽光が差し、手にもつものを照らす。

黄金の兜をかぶった首だった。

「義元公が首、熱田信徒の毛利新助が討ち取ったりィ」

勝ち名乗りに、再び喚声が沸きあがる。

「勝ったのか」とつぶやいたのは、岩室長門守だった。

信長は答えられない。

熱田の神の名を讃える声は多いが、信長を賞賛する言葉はすくない。

刀をにぎっていた指を解き放った。

目を下にやると、何人かの今川の侍大将がうずくまっていた。岩室長門守が長刀をにぎり、近づこうとしたので、「よせ」と言った。

「見逃してやれ」

「しかし」

岩室長門守を無視して、きびすを返す。

義元の首を獲ったというのに、喜びはなかった。

負けたかのように、体が重い。

信長は勝鬨を背で聞きつつ、桶狭間山を登る。急峻な丘だが、頂きは高くはない。途中で朱の塗輿が転がっていた。金銀の意匠をふんだんに使い、色とりどりの房で飾られた姿は、どこかで見た覚えがある。

そうか、京の小川表だ。

店にならべられた数々の名物、それを求める客たちが、同じような輝きを放っていた。

桶狭間山を登りきると、鳴海大高の城までも見渡せた。ふたつの城が面する伊勢湾は、黄金《こがね》色に輝いている。

敗走する今川軍は、巣穴を潰された蟻のようだった。

——本当の強さとは、何なのであろうか。

陽光を浴び、信長はそう考えた。

まぶたを閉じる。

輝く水面がにじみ、形が変じ、何かになる。

笑いながらつどう京の群衆たちだ。

なぜ、あの者たちは、京がふたたび焼かれるかもしれないのに、なおつどうのだ。

自問に答えはでない。

——すくなくとも、己は強くはない。

信長のまぶたが跳ねあがった。

「岩室、いるか」

「は、ここに」

すぐ背後で声がした。

「三河、遠江は攻めぬ」

義元を討った後は、水野家とともに兵を東へとむける手はずになっていた。義元亡き今は、今川領は番兵の失せた蔵だ。だが、あえて東には兵を向けぬ。

振りむいたのは、不審なことがあったからだ。今後の東進策を知る岩室長門守が、なぜ驚かぬのだ。

「それは京を目指すということですな」

信長の眉間が強張る。

「なぜ、己の考えがわかった」

白い歯を見せて、岩室長門守は笑う。

「さきほど、あの井伊と打ちあっていた時、おっしゃっていたではないですか。『今川領などいらん。美濃を落とし、京へ上る』と」

そうだったのか。無我夢中だったせいか、まったく覚えていない。

苦戦のあまり、舌が滑ったのか。あるいは、己の本能がそう発させたのか。

ひとつうなずいた。

きっとそうだ。

己は知っていたのだ。

本当の強さの正体が、あの京や堺につどう人々のなかにあることを。

信長はふたたび顔をあげ、海を見た。
そのはるか先には、京がある。
今まで見たどんな黄金や宝物よりも美しく、伊勢湾の海が輝いていた。

第二章　血と呪い

一

吉法師《きちほうし》こと織田信長は、尾張勝幡《しょばた》城で生を享《う》ける。

少年のころに、よく馬を走らせた。平原は涯《はて》がなく、限りなく広いと感じていた。が、今はちがう。強さの輪郭をおぼろげながら理解した信長にとっては、尾張と美濃の二カ国にわたる濃尾平野は狭すぎた。

信長の心はすでに、京にある。

領域はいまだ尾張だけだが、精強な軍団と同盟する松平家の力を駆れば、美濃や近江に蟠踞《ばんきょ》する斎藤家浅井家六角家など物の数ではない。

事実、今、永楽銭と織田木瓜《もっこう》を象《かたど》った戦旗が、濃尾平野を埋めつくさん勢いで広がっていた。織田信長の軍勢が囲むのは、尾張国北端にある丹羽郡《にわのこおり》の小口《おぐち》城だ。美濃斎藤家に与《くみ》する織田信清の支城のひとつである。

甲冑に身をつつんだ武者たちが、城に熱い目差《まなざ》しを送っている。いかに堀を越え、石垣を登り、手柄をたてるかを思案しているのだ。

そんななか、信長と岩室長門守だけは城を見ていなかった。どころか背をむけて、南西にある小高い丘――小牧山に視線を送っている。

「あの山に城を築きます。清洲《きよす》の城に劣らぬ武家屋敷や町をもつ城をです」

岩室が小牧山を指さして言う。

「それは、家老や家臣たちの屋敷も清洲から移すということだな」

信長の問いかけに、岩室はうなずきをかえす。

「はい。忌々しき犬山城の信清を滅ぼすだけではありませぬ。美濃さえも略取する最善手でございます」

敵対する織田信清は、濃尾平野の北東に所領をもっている。今囲む小口の城は敵の玄関口のようなもので、その奥に信清がこもる犬山城があった。小牧山に信長が陣取れば、信清方のほぼすべての城や砦を眼下に収めることができる。

「上洛のための布石でもあるのだな」

「もちろんでございます」

上洛のために必要な兵力は、もう十分にある。あとはいかに京に近い場所に、織田の諸将を集める本拠地をつくるかだ。今川義元のように駿河に拠点をおいたままでは、時がかかりすぎるし、危急の際に対処できない。

「ならば、今日の戦が終われば、すぐにでも小牧山へ移るよう命令をだそう」

「それは、ちと早急かと」

なぜか、小牧山への移転を献策した岩室が反対する。信長は睨みつけて、説明を促した。

「住み慣れた清洲を移るのは、家臣たちの抵抗も多くあります」

「笑止だ」

織田家の行く末を考えれば、小牧山へ移るしかない。反対など無視すればいい。

「まずは、小牧山よりも不便な地に移ることをご下命ください。二宮山などがよろしいでしょう。当然、みなは反対します。その上で、移る城を小牧山に変えるのです。二宮山よりも便がよいので、きっとみな喜んで従いましょう」

信長は舌打ちを放つ。

なんと悠長なことか。

「人とは理《ことわり》ではなく、情で動きます」

なぜか、岩室の口調はいつもより強かった。

「殿」と、強い言葉がふたりの背を打った。向きなおると、鎧を勇ましく着込んだ小姓たちがずらりとならんでいた。

「そろそろ、城攻めの刻限が迫っております」

囲む他の諸将の陣からも、殺気が漲《みなぎ》っていた。

「さきほどの軍議でのお約束、お忘れではありますまいな。こたびは、我ら小姓衆に先手をまかせるとおっしゃいました」

信長はうなずいた後、岩室を見た。若い小姓衆をひきいるのは、経験豊富な岩室をおいて他にない。

「ご安心ください。それがしが小姓衆をひきい、小口の城に一番乗りして見せましょう。方々、しかとわが背を追えよ。見失えば、おいていくぞ」

岩室の言葉に、小姓衆は「応」と勇ましくかえす。それぞれが鞍に飛び乗り、馬首を小口城へむけた。ひとり、岩室だけが馬上から信長に目をやる。

兜の目庇《まびさし》が顔に影をつくっており、岩室の表情はわからない。

「信長様は英傑でございます。しかし、ひとつだけ足りぬものがありまする」

信長はさきほどの岩室との会話を思いだす。反対するであろう家臣たちの心情を汲み取ることができなかった。

「己に足りぬものは、情だと言いたいのだろう」

先んじて言い放ったが、岩室は首を横にふる。

「ちと、ちがいまする。情というより、恐怖です」

微笑したのか、目庇の影から白い歯が見えた。

「清洲の住まいに移ることを家臣たちが反対するのも、今ある暮らしを失う恐怖ゆえです」

信長は目を細めた。

「信長様の勇敢さは、みなが知っております。あの桶狭間《おけはざま》でさえも、恐れることがありませんでした。ですが、一歩間違えれば蛮勇になりまする。真の勇者は、敵に正しく慄《おのの》き、その上で恐怖を乗り越えて、全力で戦うものです」

「つまり、岩室は、己に臆病者になれ、と言うのか」

「恐怖を受けとめて、乗り切る。それなくして、本当の強さは得られませぬ」

岩室は一礼して、信長に背をむけた。小姓衆を引きつれ、馬を進ませる。旗指物と軍勢の陰に隠れて、姿はすぐに見えなくなった。

やがて、法螺貝《ほらがい》や攻め太鼓の音が濃尾平野の空に響きわたる。織田の軍勢が動きだしたのだ。踏みしめる足音が、大地をふるわせる。

「恐怖か」と、信長はつぶやく。

たしかにそうだ。

信長は武者ぶるいをしたことはあれど、慄いたことはない。不利ゆえに後退したことはあれど、命が惜しくて逃げたことはない。

では、恐怖したことは一度もないのか。

いや、たった一回だけある。

信長のもつもっとも古い記憶に、それは刻みつけられていた。

『この子は鬼じゃ』

信長の脳裏に、甲高い声が響きわたった。

『この子は鬼じゃ。人ではない』

まなじりを吊りあげて叫ぶ女の形相も思い浮かぶ。信長の母の土田《どた》御前だ。

はたして、あの時、己は何歳だったろうか。

言葉もろくに話せなかったことだけは覚えている。

『この鬼を生かしてはならぬ』

己を産んだ女が、目を血走らせて叫ぶ。

やっと立ちあがれるようになった吉法師――信長を冷ややかに見下ろしている。

針が突き刺さるように、産毛が逆立った。大地が消え失せ、奈落に落ちるかのようだった。

思えば、あれが恐怖だったのだろう。

あの後、己の心はどう感じ動いたのか――わからない。

心の動きが記憶に刻みつけられるより早く、母の表情に変化がおきたからだ。

顔がゆがみ、血の気がどんどんと失せていく。

『だ、誰かある』

体をふるわせて、悲鳴のような声をあげた。

『この子を……この鬼の子をどこかへやっておくれ』

母が、激しく恐怖していた。まるで、信長の怖気《おじけ》を吸い取ったかのようだ。

あれ以来、信長は恐怖を感じたことがない。

沸きおこった喚声が、信長の回想をさえぎった。目を城へと移すと、織田の軍勢が堀を乗り越え、石垣をよじ登っている。

一番乗りや一番首の報せが次々とやってきた。そのたびに、信長のいる本陣から喝采が沸きあがる。

「伝令」

駆けこんできた兵の声に、諸将が身を固くした。さきほどまでの使番とちがう。目が真っ赤に充血している。吉報ではない。誰かが討ち死にしたのだ。

致し方ないだろう。どんな勝ち戦でも、死者はでる。

今にも泣きそうな顔で、伝令は死者の名を告げた。

「岩室長門守様、討ち死に」

本陣が、一気に静まりかえった。

随分とたってから、信長はやっと口を開く。

「今、何と申した」

伝令の言葉は、異国の者が発したかのように現実味に乏しかった。

「は、岩室長門守様、討ち死にです。敵の槍にこめかみを貫かれ、絶命いたしました」

信長より先に伝令の言葉の意味を理解したのは、近習たちだった。

ざわめきが、本陣に満ちる。

「小姓衆の先頭にたち見事な戦いぶりでしたが、運悪く……」

伝令は言葉を濁し、うつむいた。

耳なりが、鼓膜に爪をたてるかのようだ。

今や城から届く銃声さえも、この世ではないところから聞こえてくるかのように思えた。

二

新しく普請した小牧山の城からは、濃尾平野のあらゆるものが見渡せた。清洲から移ってきたばかりの家臣たちの新しい屋敷は無論のこと、北東の方角には信長の腹心岩室長門守を亡き者にした憎き織田信清の小口城や犬山城が、しぶとく残っている。北に目を移せば、斎藤龍興《たつおき》がこもる稲葉山城が霞のなかにうっすらと見えた。

本丸に建てた矢倉に登れば、さらによく見渡せるはずだ。

小牧山へ本拠を移した今、織田信清は遠からず滅びるだろう。事実、織田信清方の家臣たちが、続々と調略に応じつつある。

美濃の斎藤家も同様だ。

だが――と信長は独語する。

上洛し天下布武を目指す己には、足りぬものがある。

脇息《きょうそく》を強くにぎった。

馬鹿馬鹿しいと思う。

恐怖を身につけるなど、笑い話だ。

だが、腹心の岩室が残した言葉は、信長には無視し難い力を持っていた。

恐怖がどういうものか、信長は部下たちを鏡にすることで知っている。

信長が鞭を振りあげれば、近習は体をふるえさせる。強い敵に突撃しろと命じれば、侍大将は顔を青ざめさせる。

だが、信長はそれらの体の変化とは無縁だ。体がふるえたことも、血の気がひいたこともない。

ふと、目を庭にやる。背の高い女性が歩いていた。信長の妹の市だ。きっと物見矢倉にでも登っていたのだろう。小牧山にきてから、市は矢倉から下界の様子を見ることを好むようになった。

「ふん」と、鼻で息をした。

高い背と相反するように、小さな頭。絞ったように細いあごは、まるで人形のようだ。だが、切れ長の目には意志の輝きが満ちている。

ますます母の若きころに似てきた。ちがうのは、信長を慕っていることぐらいか。

市を見つけた男たちが身を強張《こわば》らせている。声をかけられるとあわてて跪《ひざまず》き、時に露骨に取り乱す。みな、市の美しさに慄いているのだ。

「おもしろきことよ」と、ぽつりとこぼす。

信長の強さに恐怖する者もいれば、市の美しさに畏怖する者もいる。

あるいは、と考えた。

市ならば、己を恐怖させることができるのではないか。

市の顔が、母の土田御前の若きころの容貌と重なった。

無理だろう。己を産んだ母でさえ、信長を恐怖させたのは一瞬だけだ。その娘には、もっと荷が重い。

「ならば」と誰かに問いかけるように、また独語した。

市を誰かに娶《めと》らせるか。

市の美しさが、信長を凌駕する強さと結びつけば、信長を恐怖させることができるのではないか。

誰ならば、よいだろうか。

すぐに、ある名前が思い浮かんだ。

――浅井備前守長政
十六歳のころに、倍以上の六角軍を打ち破った猛者《もさ》と聞く。経歴は申し分ない。

何より市を娶らせれば、美濃の斎藤家に対して西と南から圧力をかけられる。上洛に際しても、北近江の浅井が味方になれば心強い。

苦笑したのは、亡き岩室長門守なら考えそうな策だと思ったからだ。

あとは、浅井長政に野心があるか否かだ。

どんなに豊かな才と強靭な勇をもっていても、野心なき者は強者たり得ない。父の浅井久政を無理やりに隠居させたという、長政の経歴を思いだした。かなり有望な若者のような気がする。が、確信にまではいたらない。井伊直盛の時のように、己自らの目で検分するには、今の信長にはやるべきことが多すぎる。

「岩室が生きていれば……」

信長が迷いを断ち切るには、そのつぶやきだけで十分だった。市を、浅井長政に嫁がせる。長政が野心をもつ本物の強者か否かは、この際どうでもいい。そうであれと願うだけだ。ちがっていれば、また別の方策を考えればいい。

三

近江浅井家の居城である小谷《おだに》城は、琵琶湖を見下ろす山上にあった。城下には、まばらに武家屋敷や商家が建ちならんでいる。

信長は、ため息を口のなかで噛み殺した。

先導するのは、大柄な武者だ。体軀に不釣り合いな、目鼻立ちの美しさをもっている。年のころは信長より十一歳下の二十四。浅井備前守長政だ。

「さあ、義兄上《あに》、市も楽しみにしておりますぞ」

白い歯を見せて語りかけてくる姿に、邪気は一切感じられない。

浅井家と同盟した信長は、とうとう斎藤家を滅ぼし美濃を併呑《へいどん》した。本拠地を稲葉山城へと移し名を岐阜城と改め、前将軍足利義輝の弟の義昭を擁した。あとは、号令を下すだけだ。そうすれば、麾下《きか》の軍勢が京へと雪崩《なだ》れこむ。

だが、と思う。

残念なのは、小谷城と浅井長政だ。双方とも、城としての格も武人としての器も申し分ない。しかし、それだけだ。城は堅固だが、豊かではない。長政は強く美しいが、野心が乏しい。

今、城内を歩いていても湖風しか感じない。過去に、信長がまむしと呼ばれる斎藤道三と会見した時は、敵意と殺意が充満しており、肌がひりついて仕方がなかった。

山上にある平地に造った、御方屋敷に誘われる。開いた襖《ふすま》の先に、長身の女性が座していた。

「兄上」と、甘い声で語りかけてくる。

子を産んで、市は変わった。

怜悧な美しさに、丸みと温かみが付加された。切れ長の目は優しく下がり、頬も柔らかくなった。十人いれば十人が、美しさに磨きがかかったと言うだろう。が、かわりに周囲を畏怖させた気品も消えていた。

何もかもが見当ちがいだ。

気を利かせた長政が去り、市とふたりきりでしゃべりつつ、信長は落胆を持てあます。

鏡のような琵琶湖の水が、あらゆる人を丸くさせるのだろうか。市と短いやりとりをしつつ、そんなことを考える。

上洛では、浅井家を先手とも考えていたが、駄目だ。長政は自領を侵す脅威にしか、牙をむかない。ならば、先鋒は織田家が担うしかない。佐久間信盛や丹羽長秀らの野心ある侍大将に信長の馬廻衆《うままわりしゅう》をひきいさせ、その脇を浅井家や徳川家に守らせる。

厄介なのは、越前の朝倉家だ。もともと足利義昭は朝倉家に身をよせていたが、見限って信長をたよった。信長と義昭の上洛を、朝倉家はよく思っていない。また逆もしかりで、義昭は飼い殺しにした朝倉家に対して、激しい敵意をもっている。

上洛した後に、最初に織田家と干戈《かんか》を交えるのは朝倉家かもしれない。

市と言葉をかわしつつ、策を練る。

そうなると、朝倉家と同盟する浅井家はどうなるか。きっと、織田派と朝倉派のふたつに家中は分かれるだろう。ならば、その内訌《ないこう》に乗じて、織田の一族衆を送りこんで、完全に支配してしまえばいい。

信長は立ちあがった。同時に「長政の手綱、しかとにぎっておけ」と市に言いそえる。一国の太守としては不足だが、砦を守らせれば長政以上の男はあるまい。あるいは天下布武の戦いで揉まれることで、野心が芽生えるやもしれない。

四

信長の軍勢には、数多《あまた》の国の兵たちがひしめいていた。尾張や美濃、伊勢だけではない。同盟する三河徳川家の援軍、畿内の兵たちも多い。上洛戦では、南近江の六角家と畿内の三好家を一蹴し、義昭を第十五代征夷大将軍につけた。だけでなく、南近江、山城、大和、河内、和泉、摂津などの国々を瞬く間に支配下においた。

そして、今、信長は朝倉家の所領の越前国敦賀《つるが》郡を、三万もの軍勢で蹂躙《じゅうりん》している。手筒山と金ヶ崎《かながさき》の二城を、落城せしめたのだ。

金ヶ崎の城は、敦賀湾に突きでた山塞である。三万の軍勢は入りきらずに、麓の街道のあちこちで宿営の炊煙をあげていた。

「それにしても、急な朝倉攻めでしたが、こうまでたやすく攻め落とせるとは思いませんでしたな」

虎髭の武将、柴田勝家が嬉しそうに言う。

信長が当初、軍を発したのは朝倉家を攻めるためではない。その隣の若狭の武田家家臣、武藤友益《ともます》を征伐するためだ。武藤友益が、将軍義昭に逆らった見せしめである。三万もの軍を信長自身がひきいたのは、朝倉家と浅井家に巣くう反信長派へのゆさぶりのためだ。彼らは信長の出兵の真の目的は、朝倉や浅井の反信長派を滅ぼすためだと勘ぐるはずだ。焦った反信長派は、きっと何らかの動きを見せる。敵をあぶりだしてから、ゆっくりと軍をむけるはずだった。

だが、ここで思いがけぬことがおこる。攻め落とした武藤家の城から、朝倉家の支援を示す書状がいくつもでてきたのだ。武藤家が将軍義昭に楯突いたのは、背後で朝倉が糸をひいていたからだった。急遽手にはいった朝倉家討伐の大義名分に、義昭から派遣された軍監たちが色めきたった。朝倉攻めるべし、と強硬に信長に進言する。義昭の意を損ねるわけにはいかない。反信長派を完全にあぶりだす前に、信長は朝倉攻めを余儀なくされたのだ。

とはいえ、悲観はしていない。攻めるのが、ほんのすこし早まった程度だ。

「お市様につかせた侍女からは、危急の報せはありませぬ。どうやら、浅井は朝倉を見捨てたようですな」

相好を崩して言ったのは、柴田勝家だ。

「浅井家も、将軍家に楯突き朝敵となる覚悟まではないということでしょう」

明智光秀や松永久秀らも同調する。

「よし、ならば、攻め手は緩めぬ。一気に朝倉の本拠である一乗谷《いちじょうだに》を落とす」

信長の声に、みなの顔が引きしまった。

「先鋒はそれがしに」と、まず柴田勝家が膝をついた。

「いや、拙者に」

「ぜひ、大和の衆に先駆けの栄誉をお与えください」

次々と諸将が名乗りでる。

手にもつ鞭で、信長が先手を指名しようとした時だった。

「一大事です」と、使番が駆けこんできた。

「何事だ。朝倉が攻めてきたのか。ならば、望むところだ。返り討ちにしてくれる」

柴田勝家が太い腕を振りまわした。

「ち、ちがいます。浅井備前守殿が背いたとの雑説が飛んでいます。小谷から出陣したとの由」

顔面蒼白の使番が、倒れるように膝をつく。諸将がどよめいた。信長の許しなく北上などありえない。考えられるのは、浅井家の造反だ。

「勝家、市からの報せはきているか」

虎髭の武将は、あわてて首を横にふる。

おかしい。浅井の家中は一枚岩ではないはずだ。そこまで大きい動きがあるなら、親信長派の家老やお市から一報がはいる。

「虚報だ」

信長がそう判断するのに要した時間は、一瞬だった。

「我らの足を止める朝倉の謀《はかりごと》だ。惑わされるな」

信長の言葉に、狼狽していた諸将が安堵の息をつく。まだ言い募ろうとする使番を無視して、信長は先手の将を指名した。朝倉領深く攻めいる指示をだす。

しつつも、どこかで違和は感じていた。何より、信長の勘が危ういと告げている。

にもかかわらず、浅井家に備える指示は一切ださない。

長政を信頼していたわけではなかった。

どこかに、浅井長政造反が真であれ、と願う自分がいる。身を絶体絶命の場におけば、恐怖というものを信長はこの手にできるかもしれない。

その想像は、信長の五体を歓喜でふるわせた。

麾下の軍勢のいくつかが、北上を開始する。

また、使番がやってきた。ひとりではない。膝をついて報告するより早く、二人目三人目も駆けこんでくる。

みな、口をそろえ、浅井家離反、小谷の軍勢北上の報せを告げる。噂ではない。みな、この目で浅井家の軍旗が進む様を見たと言う。

諸将の顔から、たちまち血の気がひいた。

舌打ちしたのは、ここにいたってまだ信長の体に怖気がわかないからだ。

かといって、これ以上座視はできない。長政に対して手を打たなければ、天下布武の夢が画餅《がへい》に帰す。

長政の軍勢は、琵琶湖の東側より北上しているという。岐阜城への退路をふさぎつつ、信長を討つ腹積もりだ。

信長は、琵琶湖の西岸沿いに京へ帰るしかない。朽木《くつき》には容易ならざる勢力がいるが、道を選ぶことはできない。あとは、敵を食い止めるしんがりを誰にするかだ。

信長の考えを察したのか、諸将がごくりと唾を呑んだ。顔は、恐怖で青ざめている。かたかたと奥歯を鳴らす者もいる。この局面でのしんがりは死役だ。誰もが、自分以外の将に命じてくれるよう祈っている。

「木下藤吉郎、前へでろ」

諸将が、安堵の息を一斉に漏らした。

猿とも鼠ともつかぬ異相の男が、「ははァ」と農夫のように足元にへばりついた。

「しんがりをまかせる。心して当たれ」

「しんがり、喜んで拝命いたします」

首をもちあげた木下藤吉郎の顔には、満面の笑みが広がっていた。

「このような難局に、しんがりの大役を拙者に仰せつけられるとは。信長様の海より深い拙者への信頼に、ただただ感激するばかりです」

額を地面に何度も打ちつけて喜んでいる。まるで百万石の領地を拝領したかのようだ。

「おかしな奴め」とつぶやきつつ、小姓がひいてきた馬の鞍に飛び乗る。

「今より京へ帰る。みなの衆、遅れるな。足は一切緩めぬぞ」

五

幾多の篝火《かがりび》が、近江国の横山城を囲っていた。信長ひきいる二万の兵、そして徳川家康の援軍が五千。

金ヶ崎のしんがりを木下藤吉郎にまかせ、急ぎ帰京した信長は休む間もなく岐阜城へとはいり、浅井追討軍を編成した。国境を侵し、小谷の城下を焼いた後に後発の徳川家康と合流し、横山城を包囲したのだ。

今は家康はじめ徳川家の侍大将や織田の宿将たちを集め、軍議を開いていた。

「浅井は大依山《おおよりやま》の朝倉勢と合流し、我らの背後を攻めんと卑怯にも窺っております」

戦場嗄《が》れした声で言ったのは、虎髭の柴田勝家だった。

「ならば、いっそのこと横山城は捨てて、浅井朝倉の本陣を攻めてはいかがか」

体をかぶせるようにして、絵図の一点を勝家は指さした。信長らが囲む横山城があり、そこから北へと指先を動かす。姉川をわたり、浅井朝倉のこもる大依山へといたった。

「だが、そうすると姉川の渡河途中を叩かれるのではありませぬか」

諸将のひとりが反対の声をあげた。

「叩きたければ、叩けばよい。我ら織田の鋭鋒が、川ごときでは阻めぬことを教えてやるのじゃ」

胸をはって、勝家は叫ぶ。

「もし、敵が大依山にこもればどうなる」

みなの視線が、発言者の信長に集中した。浅井五千と朝倉一万が山上の砦にこもれば、いかに織田軍とて不利だ。

腕を組んで、勝家が押し黙った。

信長のつま先が、苛立たしげに地面を踏む。岩室長門守ならば、そのような愚策を述べない。何より、信長が口を開かずとも勝家を論破したはずだ。織田の諸将はみな文武に秀でてはいるが、一を聞いて信長の十を知る才覚の持ち主はいない。

「長政らに背を見せてもよい。城攻めに力をいれろ」

みなが不思議そうな顔をした。理由を言わねばわからぬのか、と舌打ちをしそうになった。

「なるほど、そうすることで、敵を大依山から引きはがすのですな」

信長の言葉を補ったのは、木下藤吉郎だ。金ヶ崎ではしんがりを全うし、見事に生還もはたした。

「城を攻めることで背後に隙をわざとつくり、浅井朝倉めを動かす。もし、敵が打ってでなくても、横山城が落ちれば浅井の面目は潰れ、離反者がでます。いやはや、神算ともいうべき、殿のお考えですな」

「黙れ、猿、それぐらいわしらもわかっておったわ」

虎髭をふるわせて、柴田勝家が怒鳴った。

「となると、殿の本陣を大依山の浅井朝倉勢にさらすことになりますぞ」

一転して、勝家は心配そうにきく。城攻めで前がかりになれば、後方の本陣が手薄になるのはやむを得ない。

「本陣を手薄にせねば、長政めは食いつかん」

信長はさらに言葉を継ぐ。

「浅井の兵は五千、一丸となってわが本陣を目指すだろう」

無論、うけてたち、逆に長政めの首をあげてやるつもりだ。

「問題は、浅井の脇を固める朝倉に誰を当てるか、だ」

急に重苦しい空気が流れた。

城攻めに多くの兵を配するので、必然的に寡兵で朝倉勢一万と対さねばならない。かなり危険な役だ。

誰かが名乗りでる前に、信長は口を開いた。

「徳川殿にまかせたいと思うが、いかがか」

みなが一斉にひとりの武将へ目をやる。肉付きのよい丸顔の若武者がたっていた。数えで二十九歳になった、徳川家康だ。かつては松平元康と名乗っていた。

ゆっくりと前へでてくる。背後にいる徳川家の侍大将たちの顔は、青ざめていた。だけでなく、何人かは怒りもにじませている。なぜ、徳川にとって寸土の利にもならない合戦で、大敵の朝倉を引きうけねばならぬのかと思っているのだ。

だが、信長が目をやると、みな、うなだれて憤りを呑みこんだ。

そんななか、ひとり泰然としているのが徳川家康だった。

「承知しました。朝倉勢一万ならば、相手にとって不足はありませぬ」

恐怖も気負いも感じさせぬ声で、深々と頭を下げる。

不思議な男だ、と思う。

人質だった幼少のころから面識があるが、家康が感情を昂《たか》ぶらせるところを信長は見たことがない。いや、少しちがう。泣いたり怒ったりしているのを何度か目にしたが、どこか芝居じみていた。激していると見せかけて、常に冷静に考えごとをしているような男だ。そうやって、人質の暮らしに耐えていたのだろうか。が、時に自身に降りかかる災厄にさえ、どこか他人事《ひとごと》のように感じているのでは、と思うことがある。倍の朝倉勢と戦えと命じた今がそうだ。

「くそう」と、罵声にしては陽気すぎる声がした。目を移すと、猿と鼠を足したような顔の小男が、両手を振りまわしている。

「わしは悔しいですぞ。朝倉を引きうける大役を、みすみす徳川殿に奪われるとは」

周囲の男たちが、失笑を漏らす。

朝倉勢一万と当たろうにも、今の藤吉郎のひきいる軍は一千に満たない。にもかかわらず、一万の軍と戦いたいという。

そういえば、と信長は独語した。

信長の過酷な命令に、過去、怖気を見せなかった男がふたりだけいる。ひとりは幼少から知る徳川家康。もうひとりは、木下藤吉郎だ。金ヶ崎の時でも、死役を言いわたすと、嬉々として引きうけた。

あるいは——と信長は考える。

こ奴らも、己と同じように恐怖を知らぬのだろうか。

六

放たれた矢のごとく、浅井の軍勢が駆けていた。先頭をいくのは、猛将として知られる磯野員昌《かずまさ》だ。姉川の水面を潰さんばかりに踏みつけて渡河する。その後ろからつづくのは、浅井政澄《まさずみ》、阿閉貞征《あつじさだゆき》、新庄直頼《なおより》の三将。奥には、浅井長政の本陣が攻め時を探るようにゆっくりと前進している。

対する織田軍の前衛は、坂井政尚《まさひさ》だ。織田家中では、柴田勝家、森可成《よしなり》らとならぶ武功をもつ侍大将だ。

川を突っ切った磯野勢が、坂井隊の前衛にめりこんだ。

「おおう」と、信長の周りの旗本たちがどよめく。

姉川をわたったばかりの磯野勢が放つ水飛沫《しぶき》と、鋭鋒をうけて倒れる織田軍の血飛沫が激しく交わっていた。

一歩、二歩と、坂井政尚の隊が後ずさる。

川という障壁がありながらも、敵は勢いを緩めることなく織田陣へと飛びこんでいく。

とうとう、織田軍の前衛が崩れだした。逃げる足軽を、兜をかぶった侍大将が必死に押しとどめている。だが、混乱する坂井隊の狼狽はさらに激しくなり、味方同士がぶつかり、倒れた兵を踏みあう。

かぶさるように攻めたのは浅井家の第二陣、浅井政澄ら三将だ。磯野勢がうがった織田軍の亀裂に、楔《くさび》を打ちこむように攻勢をしかける。

「このままでは陣が崩れます。援軍をだして、敵を阻みましょう」

青ざめた顔で近習が進言するが、信長は首を横にふった。

「今はその時ではない。浅井長政の本隊は、まだ川をわたっていない」

所領や城よりも重視していることが、信長にはある。それは、人だ。領地や城を得るよりも、いかに敵の総大将や侍大将を屠《ほふ》るか。事実、桶狭間で多くの将を喪《うしな》った今川家は、急速に弱体化した。

姉川を盾にして、浅井朝倉を阻むのはたやすい。が、それでは敵の将を討つことは難しい。

「まだだ。敵をもっと引きつけろ」

眼下では坂井隊が無残にも蹂躙され、織田の第二陣にあたる池田木下隊にも磯野員昌が襲いかかっていた。

鞭で地面を打ちつける。

まさか、浅井長政が渡河する前に、坂井政尚の隊が崩されるとは思っていなかった。

左翼では、朝倉軍と徳川軍が川を境にしてぶつかりあっている。こちらも、数に勝る朝倉勢が優勢だ。

歯ぎしりの音が、信長の頭蓋にひびく。

まだ、か。

まだ、長政は川をわたらぬのか。

とうとう、浅井本軍からも法螺貝の音が聞こえてきた。勇ましい喚声とともに、姉川へと分けいろうとする。先頭をいくのは、白馬に乗った巨軀の侍だ。浅井長政に間違いない。

「でる」

短く伝え、床几《しょうぎ》から勢いよく立ちあがった。

「いけませぬ。さきほどとは、状況が変わりました。横山城を攻めている味方を見てください」

近習が後ろへと指をやる。だが、信長は振りかえらない。城を囲んでいた味方が苦戦しているのは知っている。

援軍の奮闘に勇気づき、城兵たちは打ってでていたのだ。織田の包囲軍の一角を崩さんばかりの勢いである。包囲する味方が、反転して姉川をわたる浅井勢を攻めるのは難しい。

「かまわん、馬廻衆がいる。それで十分だ」

信長は馬に飛び乗った。

「みなの衆よ」

信長は首をひねり、後ろを見た。馬廻衆の顔は、気負いで硬くなっていた。たしかに、眼前の浅井軍の鋭鋒は予想以上だ。怯《ひる》んだとて、無理はない。

「奴らが阻むものが、何かわかるか」

信長の言葉にも反応がうすい。

「敵が阻むものは、京への道だ」

うつむきがちだった馬廻衆の顔があがる。

「上洛し見たであろう、京の町を」

栄える寺社と、荒廃する御所。一部の繁栄と多くの退廃が、都では紋様のように混じりあっていた。多くの人が京につどいつつも、著しくいびつに財が集中している。それを織田家が変えた。御所を復興し、寺社の特権を引きはがし、等しく商いができるようにした。富と財を都にあまねく行きわたるようにした。

が、それもまだ途上だ。

いつのまにか、兵たちのまなじりが吊りあがっていた。いつもの剽悍《ひょうかん》な織田の馬廻衆の顔つきにもどっている。

「我ら織田家以外に、京をよみがえらせることができる者がいるか」

一斉に、兵たちが首を横にふった。何人かが「いない」と叫ぶ。

「ならば、我らのするべきことはひとつ。京への道を阻む敵を、取りのぞくことだ」

　采配をふる必要はなかった。

　雄叫《おたけ》びをあげて、馬廻衆たちが動きだしたからだ。だけではない。信長の声が聞こえたかのように、池田木下の両隊も息を吹きかえす。混乱の極みにあった坂井隊も、力を取りもどす。

　白馬に乗った敵将が、姉川をわたったのが見えた。

「すわ、懸かれ。京への道をこじ開けろ」

　信長の叫びと、織田全軍の咆哮《ほうこう》が和する。浅井勢がつくる姉川の水紋に、織田軍の鯨波《げいは》がかぶさった。

　錐《きり》を揉みこむように攻めていた浅井軍の勢いは止まり、左右から織田兵の槍や刀が圧迫する。

　たちまち敵を押しかえした。

　朝倉を相手にし倒れかかっていた徳川軍の旌旗《せいき》も、竿をしならせて前進に転じる。

　磯野員昌や浅井政澄らの軍が崩れていく。

　次々と武者たちが、水中に没していく。

姉川が、たちまち赤く染まった。

浅井や朝倉の侍大将の骸《むくろ》が、流れを堰《せ》き止めるかのように折りかさなっていく。

織田徳川連合軍の完全な勝利だった。

七

城だけではなく、山全体が哭《な》いていた。

小谷城を、織田の大軍が容赦なく攻めかけている。

姉川の合戦から、三年がたっていた。

浅井朝倉との戦いは、熾烈を極めた。姉川で勝利したものの、その後の一連の合戦ですくなくない痛手を信長は負った。森可成、坂井政尚らの有力な武将を喪ったのだ。

仲間を殺された恨みゆえだろうか、信長軍の攻めは苛烈だ。

二十日前に、小谷城の北の虎御前山《とらごぜやま》に着陣した。そして、援軍にきた朝倉勢に信長は攻めかかった。わずかな馬廻衆だけで壊滅せしめる。そこからは信長の真骨頂だ。浅井長政のこもる小谷城は無視して、越前へと攻めあがり、たったの七日で朝倉家を滅亡させたのだ。

あえて浅井家は後回しにした。金ヶ崎のように、後背を突けるものなら突いてみろ、という挑発である。越前から取ってかえし、休む間もなく浅井長政のこもる小谷城攻めを再開した。寄せ手の指揮をとるのは、木下藤吉郎だ。

姉川以後の戦いで、木下藤吉郎はめざましい活躍を見せている。落とした横山城の城主につけると、浅井の家臣を次々と調略した。だけでなく、先日は市とその娘三人を小谷城から脱出させることにも成功している。いずれ、織田の屋台骨を支える将器に育つかもしれない。そんな期待をこめて、最後の城攻めを木下藤吉郎に託した。

「お市様のことでございますが……」

本陣に座す信長に近寄ったのは、虎髭の柴田勝家だ。

「なんだ」

黒煙をあげる城に顔をむけたまままきく。

救出した市には宿舎をあてがい、娘三人とともに休ませている。

「浅井家が一丸となって、朝倉家につくことになったのは、本当にお市様の言葉がきっかけなのですか」

信長はうなずいた。

本陣での市との対面を思いだす。頬はやつれ、すでに寡婦の趣きがあった。投降した者から、なぜ浅井家が信長に矛をむけたのかをきいた。信長が朝倉領に侵攻したとき、どちらにつくかの評定が行われたという。

そこに乱入したのが、市だ。若狭から一乗谷へ進軍する織田勢は、細く長い行軍をとらざるを得ない。信長の周りは、手薄だ。本陣を狙えば首をとるのはたやすい。

市のこの言葉に、親信長と反信長の二色に分かれていた評議は、反信長一色に塗りかえられたという。

あの女が、浅井家をひとつにまとめ、あろうことかこの己に逆らうように仕向けるとは……。

なぜか、胸がずきりと痛んだ。

手をやって、痛みの正体を探る。

『この子は、鬼じゃ』

耳の奥によみがえったのは、母の声だ。

そうか、母と市は似ている。

母も、最初から信長を憎んでいたわけではない。弟の信勝が生まれてから、変わった。

また、激しく胸がきしんだ。

かつて、市も信長を慕っていた。しかし、長政という夫を得て、信長を憎むようになった。信勝を得て、信長を憎悪した母とまったく同じ軌跡だ。

苦い唾が口のなかに満ちる。

「お市様を、このままにしておくつもりですか」

勝家の言葉に、信長は我にかえる。

「どういうことだ」

「恐れながら、お市様を仏門にいれるべきかと」

自身の眉が、ぴくりと蠢《うごめ》いたのがわかった。

「浅井家を織田家に敵対させたお市様のご手腕、さながら妖術のごとし。定石なら、どこぞの大名家か家臣に再嫁させるべきでしょうが……」

豪勇の勝家にしては珍しく、語尾を濁らせる。

「嫁いだ家中を、反織田にしかねん、ということか」

見ると、勝家の顔は青ざめていた。

「お市様だけではありませぬ。浅井の血をひく、三人のご息女も同様に仏門にいれるべきかと」

見ると、背後にひかえる宿将たちも、血の気が失せた顔でうなずいていた。

しばし、信長は黙考する。

市や娘を外交の手駒として使えぬのは惜しい。だが、宿将たちの疑心暗鬼も見過ごすことはできない。

「わかった。市と三人の娘は仏門にいれよう」

幸いなことに、信長には兄弟や親戚は多い。外交の手駒は十分にある。

勝家はじめ宿将たちが安堵の息をついた。一方、目の前の小谷城では、一際大きな叫喚が巻きおこっていた。木下藤吉郎の手勢が、とうとう本丸に侵入したのだ。

「終わったな」

信長のつぶやきに答えるように、本丸が火の手に包まれた。

八

小谷城落城から数日後、まだ周辺に戦の臭いがくすぶっているなか、信長は小谷城下の一軒の屋敷を目指す。市とその娘たちが身をよせる宿舎だ。後ろには柴田勝家や近習たちがひかえ、さらに背後には尼たちがつづいていた。市に仏門入りを告げるため、信長が尼寺から呼びよせたのだ。門を大股で通りぬけると、宿舎を守っていたふたりの侍大将があわてて駆けよってきた。

「ま、まさかお越しになるとは」

「すぐに、お市様を呼んで参りましょう」

「よい、こちらからいく」

赤子の世話で忙しい市を、悠長に待つ気など最初からなかった。場所は察しがつく。屋敷のなかから、読経の声がかすかに聞こえていたからだ。

市の声をたぐるようにして、廊下を歩いた。庭を挟んだむこう側の一間に、長身の女性が手をあわせている。後ろには幼な子ふたりが、同様に手をあわせていた。

「ああ、なんとお労《いたわ》しい」
連れてきた尼たちが、湿った声をあげた。
信長の足が止まる。
なぜか、近寄りがたかった。
幼な子ふたりが、ゆっくりと顔をあげる。
市によく似た表情が、信長へとむけられた。
その瞬間、信長の背に冷たいものが走った。
全身の筋肉が強張る。
肌が激しく粟立っているではないか。
――なんだ、これは。
あわてて、信長は己の腕を目の前にやった。
冬の日のように、毛の一本一本が逆立っている。
手で肌をなでて、己の心身に降りかかった感情の正体を探ろうとした。
だが、陽光にあぶられた氷のように、粟が消えていく。
もう、いつもの肌と変わらなくなっていた。

——さっきのは、何だったのだ。

身に生じた変化と、心に一瞬だけ宿った感情の正体が、信長にはわからなかった。

いや、ずっと過去に、似たようなものを感じたことがある。

まさか、さきほど感じたのは、恐怖なのか。

だとしたら、何に恐怖を感じたのだ。市の娘ふたりを恐れているのか。

馬鹿馬鹿しい、とつぶやいた。

幼な子ふたりに何ができようか。所詮は女ではないか。信長に恐怖を与えるなど無理だ。事実、母の土田御前や市でも成せなかった。

ふと、脳裏によぎる顔があった。

猿とも鼠ともとれる異相と、仏像のように表情の変わらぬ顔——木下藤吉郎と徳川家康だ。

己に恐怖せぬ数少ないふたり。

もし、あのふたりと目の前のふたりの娘の血が交わるようなことがあれば——。

ふたたび、肌が粟立った。さきほどよりも何倍も強く。

だが、正体をたしかめる間もなく、またしても消える。

「もうよい、去れ」

気づけば、信長は後ろにひかえる尼たちに命令していた。

「え」と、尼たちが戸惑う。

「市とその娘を仏門にいれることはやめた」

「そ、そんな」

尼だけでなく、ついてきていた近習たちも狼狽《うろた》える。

「なぜでございます、災いの火種を、みすみす見逃すのですか」

尼や近習を押しのけたのは、柴田勝家だ。

「甘うございますぞ。親族の情にほだされたのですか」

見当違いの言葉とともに勝家がなじる。信長が一瞥《いちべつ》すると、身をふるわせて頭を下げた。

ふたたび、庭越しに市とその娘たちを見た。市は、一心不乱に読経をつづけている。ふたりの娘は、黒くつぶらな瞳をこちらにむけていた。母の土田御前が、己を鬼となじった時の目差しとよく似ている。

姪たちの唇が動いていることに、信長は気づいた。

信長を呪詛しているのか。
声は聞こえなかったが、何を言っているかはわかるような気がする。
「おもしろい」と、信長はつぶやく。
娘たちを生かしておいて、己を恐怖せぬ者に嫁がせれば――。
期待が歓喜に変わり、信長の四肢をふるわせた。
その時こそ、岩室長門守が言った真の強者となれるかもしれない。
唄うように呪詛する、少女ふたりの姿を脳裏に刻む。
土田御前からつづく母娘三代にわたる呪いが、信長の心身を抱きしめる。
抱擁の思いがけぬ優しさに、信長は赤子のように微笑んだ。

第三章　神と人

一

〝進者往生極楽退者無間地獄〟の十二文字が、大坂の空にいくつも浮かんでいた。風をうけてむしろの旗がゆれると、そこに墨書された文字も生きているかのように踊る。

大坂本願寺から出撃した一向衆が、葦原《あしはら》を埋めるように進軍していた。むしろ地の旗をなびかせて、織田軍へと近づいている。

――南無阿弥陀仏。

一向衆から届く念仏の声が、信長の体にまとわりつく。軍装は織田軍と比べるべくもない。長さがまちまちの槍には、いくつも竹槍がまじっている。竿に短刀をくくりつけたものも、目についた。錆びた鎧をきていればいいほうで、十人にひとりは百姓野良着のままだ。

一方の織田軍は、全員が厚い鉄製の桶側胴《おけがわどう》に身をつつみ、天をつく長槍を手にしている。

当初、大坂本願寺は織田家と敵対していなかった。矢銭を供出するなど、織田家に従う姿勢さえ見せていた。一転して矛をむけたのは、つい先日のことだ。四国から上陸した三好家の残党を、織田軍が大坂の地で包囲しているときである。三好家が滅べば、次に織田家が襲うのは本願寺だ——そんな噂が信徒たちのあいだを駆けめぐり、宗主である顕如《けんにょ》も主戦派に説き伏せられてしまった。

大坂本願寺に早鐘が鳴りひびき、織田の陣に鉄砲が斉射されたのが昨夜のこと。そして今日、大坂本願寺から一向衆の大軍が押しよせてきた。

信長にとっては、望むところである。比叡山の延暦寺、伊勢長島の一向衆など、宗教勢力の跋扈《ばっこ》は悩みの種であり、反乱の埋《うず》み火だ。いずれ、禍根は断つつもりだった。

信長が、右腕を高々とあげる。

織田の軍勢が動きだす。

まず、一番手の佐々成政《さっさなりまさ》の手勢が前にでた。後ろにつづくのは、二番手の三将――左から野村越中守、前田利家、中野一安《かずやす》。

陣太鼓と法螺貝《ほらがい》が、空を押しあげるように雄々しく鳴りひびいた。

一向衆からは、鬨《とき》の声はあがらなかった。

かわりに、ばらばらだった「南無阿弥陀仏」の念仏の声がぴたりとそろう。

一見すれば、秩序などないかのごとく思える一揆勢の様相が一変した。

竹槍、長槍、薙刀《なぎなた》を一斉に水平にかまえた。そして、走りだす。

南無阿弥陀仏と唱えながら、一字一歩の正確無比な旋律を全員がきざむ。

たちまち、前線に血煙が湧きあがった。何十人もの一向衆がばたばたと倒れる。

軍装と訓練に秀でる織田軍の鋭鋒は容赦がない。つづく攻撃で、さらに多くの一向衆を葬る。

「やったぞ」と、信長の周りにいる旗本たちが声をあげた。

だが――

一向衆は足を緩めない。南無阿弥陀仏を唱える、一字一歩の進軍がよどまない。

どよめきが旗本たちからあがった。

「正気か」

「奴ら、恐怖というものを知らぬのか」

佐々勢と衝突して百も数えぬあいだに、一向衆の骸《むくろ》が地にいくつも折りふしていた。だが、押されているのは織田軍だ。

織田軍の鋭鋒に屠《ほふ》られつつも、一向衆は間合いを猛然とつめていく。織田兵がひとりふたりと突きふせるも、三人目で肉薄される。つづく四人目が上半身に組みつき、五人目が片足にしがみつき、六人目が竹槍を織田兵の首元にめりこませた。

地を敷きつめる骸に、織田軍のものが急速に増えていく。

織田木瓜紋《もっこうもん》を染めた旗指物も後ろに大きく傾き、ひとつふたつと大地に倒れた。

一方のむしろ地の〝進者往生極楽退者無間地獄〟の旗は、一度倒れてもまた誰かが拾い、南無阿弥陀仏の念仏とともに前進をやめない。

死を喜ぶかのような、捨て身の攻撃だった。

佐々成政の陣がわっと崩れた。その様子から、容易ならざることがおこったと信長は理解する。

「佐々殿、ご負傷」

絶叫したのは、駆けこんできた使番だ。旗本たちの顔が一気に蒼白になる。

だが、信長は冷静だ。

「佐々を退かせろ。二番手はまだだすな。引きつけて、三将で囲み討ちにしろ」

信長の指示で、旗本たちの顔に血の色がもどる。

一向衆は佐々成政の軍を蹂躙《じゅうりん》し、三将が守る第二陣へと殺到する。中央の前田利家が主力となって受けとめるが、たちまち横一線だった軍列がほころびだす。二歩三歩と後退しはじめた。

左右を守る野村越中守と中野一安が動きだした。一揆勢を囲みはじめる。

それでもなお、一向衆の旗はひるまない。倒れても起きあがり、前進をつづける。

一方の織田軍の旗指物は乱れに乱れていた。

負けることはない、と信長はつぶやく。まだ第三陣、第四陣を温存していた。なにより、信長の馬廻衆《うままわりしゅう》がいる。だが、手痛い損害をこうむるはずだ。すくなくない侍大将が死ぬだろう。

それにしても、と思う。

死を恐れず強敵と斬りむすぶ一向宗の信徒たちを見れば、岩室長門守は何と言うだろうか。かつての信長のようだ、と評するかもしれない。

苦笑が口元をほころばせる。

いや、かつてではない。信長は、あのころからなんら変わっていない。いまだ恐怖を知らない。

「野村様、討ち死に」

またしても、汗だくの使番が駆けこんできた。見ると、第二陣の左翼が大きく崩されている。

ここまでだな、と見切りをつけた。死兵と化した敵と戦っても、益はない。

信長は退陣の命令を下す。

短い間隔で、法螺貝の音が幾度も鳴りひびいた。

いつのまにか、南無阿弥陀仏の合唱には勝ち誇る色が充満していた。

二

信長は、近江国勢田《せた》にある城の一室にいた。広い板間の部屋には文机《ふづくえ》がぽつんとおいてあり、窓からは鈍色《にび》に沈む琵琶湖と山嶺を白く化粧する比叡山が見えた。

信長は筆をとり、文机にむかう。死んでいった者たちの名を、紙に書きつけていく。まずは、大坂本願寺と戦い死んだ、野村越中守。

次は、本願寺挙兵に乗じ、南下した浅井朝倉勢と戦い死んだ男たちの名を書く。信長の右腕だった森可成《よしなり》、信長の弟の織田信治、桶狭間《おけはざま》以来の勇士、青地、尾藤兄弟、道家《どうけ》兄弟。

さらに伊勢長島の一向衆に殺された、信長の弟の織田信興《のぶおき》。

みな、かけがえのない宿将や勇功の士ばかりである。

信長がもつ筆がみしりときしんだ。開けた窓からは寒風と粉雪が舞いこんでくるが、閉めない。怒りが肌を焼き、汗さえもしたたらせた。

苦戦には訳がある。大坂本願寺と比叡山延暦寺だ。

ふたつの宗教勢力が、反信長という旗幟《きし》を鮮明にした。大坂本願寺の挙兵で、三好の残党にとどめを刺すことを断念させられた。つづいて、信長の本拠地尾張から至近の伊勢長島で一向衆が蜂起する。さらに延暦寺も、絶体絶命だった浅井朝倉軍を比叡山に引きいれ、これを保護した。

「厄介な坊主どもめ」

信長は吐き捨てた。

三好、六角、朝倉、浅井――これら戦国大名など何ほどのこともない。戦えば勝つ自信がある。

しかし――

目を、床に広げた絵地図にやる。大坂、長島、比叡山。坊主どもがこもる、この三つの地は手強い。天然の要害に守られているだけでなく、一国に匹敵する経済力をもち、さらに幾万もの命知らずの宗徒たちがいる。普通に戦えば、さらに多くの味方が死ぬ。

「浅井朝倉勢が山を下りはじめました」

部屋の外から声がして、信長は立ちあがった。

早足で廊下を歩き、曲輪《くるわ》にでる。一番大きな物見矢倉へと登った。眼下には琵琶湖が広がり、かすかに白い波濤も見える。そのむこうには、比叡山がある。山腹にある延暦寺から、旗指物が連なり山を下りていく。

「どうやら、和議の約定は無事に履行されそうですな」

物見矢倉の上にいた近習が、安堵したように言う。

比叡山にこもる浅井朝倉勢と織田軍の睨みあいはつづき、将軍義昭の調停でつい先日和睦の誓紙を交わした。戦いの意思がないことを示すため、信長らは湖をわたり、ここ勢田の城まで退いたのだ。

そして、今、約束どおりに浅井朝倉勢が領国へと引きかえしていく。

愚鈍な奴らめ、と心中で罵《ののし》る。

雪で領国が閉ざされるのを恐れて、浅井朝倉勢は和議に応じた。しかし、もし両家が比叡山にいすわりつづければ、遠からず信長は滅んだ。

奴らは、正しく恐れていない。

信長よりも、冬のほうが怖いと思っている。そんな男たちが、乱世で生き残れるわけがない。

もう信長は、浅井朝倉の軍勢を見ていない。手強いのは、やはり本願寺や比叡山の坊主どもだ。戦う前に必要なのは、敵の情報である。奴らがいかなる教えを信じ、どのように暮らしているのかを知らねばならない。誰か、織田家で一向宗を信奉している部下はいなかったであろうか。

あごに手をやり、考える。ふと書状を見た。

戦死者の名が、いくつも連なっている。そのなかのひとつに、目が吸いよせられた。

三

襖《ふすま》が開きあらわれたのは、ひとりの尼だった。通った鼻筋が凛としている。あごの高さで切りそろえた髪が、寡婦のはかなさをにじませていた。数珠を鳴らし、信長の前で平伏する。うなじからのぞいた帷子《かたびら》には、いくつもの文字が書きこまれていた。経帷子だ。

「妙向尼《みょうこうに》、ご苦労だった」

信長の声が重荷と化したかのように、尼はさらに身を沈ませる。だが、決して卑屈ではない。背と指はぴんとのびて、動揺や恐怖の色はない。

女性とは思えぬ胆力である。

その理由は、きっときている経帷子と関係があるのだろう。

「いまだ、一向宗の信仰を捨てぬのか。本願寺の挙兵がなければ、森が死ぬことはなかったのだぞ」

信長の声に、妙向尼は顔をあげた。切れ長の目がわずかにゆらいでいる。

妙向尼――戦死した森可成の妻で、一向宗に帰依している。夫死後に髪を落とし、尼となった。

「お怒りはごもっともです。ですが、先祖代々つづいた真宗の信仰を捨てるわけにはまいりませぬ」

真宗とは、浄土真宗のことだ。信長のいった一向宗とは、正しくは浄土真宗や時宗、それらから派生した民間宗教を包括する言葉である。大坂本願寺は浄土真宗の総本山だが、味方を多く募るためだろうか、挙兵してからは一向宗という広義の名前を使うことも多い。また、敵である信長らも、本願寺のことを一向宗と呼んでいる。

「信仰と君恩を秤《はかり》にかけることはできません」

妙向尼の声に、動揺の色はない。

「もし、己が一向宗を捨てろといえば」

「そのときは、死を賜りとうございます」

ふたたび平伏する。またうなじから、経帷子が見えた。呼びだされたときから、死の覚悟を固めていたのだ。そのための経帷子だ。

つづく妙向尼の言葉に、信長は軽くだが衝撃を覚えた。

「別室で、子らもひかえています。ともに命を絶ち君恩にむくい、冥土で信仰を貫くことをお許しください」

思わず、姿勢を正してしまった。妙向尼自身の死の覚悟は想定内だが、息子たちまで道連れにするほどのものとは思っていなかった。

「安心せい。一向宗の坊主どもは憎んであまりあるが、信仰までは否定せん。それより、こたび呼んだのは訳がある。なぜ、一向宗の門徒は死を恐れぬのだ。一向宗はどのように教えることで、宗徒どもから恐怖を取りのぞいている」

不思議だったのは、信長自身がその問いに奇妙とも思えるほどの執着を感じていることだ。妙向尼が口を開くまで、ほんのわずかなあいだだが、信長は自身の執着の正体をたしかめようとした。

きっと、一向衆と信長が似ているからだ。どちらも恐怖と無縁だ。恐れを感じぬ一向衆の正体を知ることで、信長自身を映す鏡として観察できる。

「すこし勘違いされております。真宗の徒も人の子です。みなと同じように恐怖を覚えます」

「ならばなぜ、奴らは捨て身で織田軍の槍襖《やりぶすま》に突っこむのだ」

妙向尼はいう。真宗を含めた一向宗の徒が恐れるのは〝進者往生極楽退者無間地獄〟の十二文字だ。退けば無間の地獄に落ちる。それが、死の恐怖をはるかに上回っている。

「戦場にでなければ、進退に悩むこともない。地獄に落ちたくなければ、蜂起に応じずにどこぞに隠れ住んで、念仏を唱えればよいではないか。それとも、蜂起せねば地獄に落ちるとでも顕如は言っているのか」

一向衆の総大将ともいうべき本願寺宗主の顕如は、開祖親鸞の子孫だ。全国の信徒たちから神のごとく崇められている。

「顕如猊下《げいか》は、決起に応じなかった者は地獄に落ちるとは言っておられません。そもそも地獄に落ちるか否かは、信心の有無だけです」

自然、信長の目が鋭くなる。

「ただ、蜂起に応じなければ破門する、とは伝えております。親鸞上人の子孫の顕如猊下のお言葉は絶大です。真宗の信徒たちにとっては、破門は地獄に等しい意味をもっております」

聞きつつ、信長の胆《はら》に失望がたまる。

一向衆と信長は似ていると思っていたが、全くちがう。彼らは、誰よりも恐怖に支配されている。地獄と破門の恐怖が、死のそれをはるかに上回っている。だから、戦場で勇ましかったのだ。何ものも恐れない信長と、そこが決定的にちがう。

信長は妙向尼を退《さ》がらせた。

小姓も退室させ、ひとり天井を見上げる。

いま日ノ本には様々な仏教があり、その教えは千差万別だ。本願寺らの一向宗、比叡山延暦寺の天台宗、日蓮宗、真言宗、臨済宗、曹洞宗……一向宗のなかにも、浄土真宗や時宗のちがいがある。

天竺《てんじく》ではじまった仏教が、どうしてここまで変容してしまったのか。

どの教えが、一番本物に近いのか。

信長は、激しく答えを希求していた。

かつて、この世の形がどうなっているか知りたかったとき、南蛮の地球儀を見て、この世が丸いという答えを得られたように、激しく真実を求めている。

信長が手を叩くと、襖が半分開き小姓があらわれた。

「沢彦《たくげん》和尚を呼べ」

幼い信長を養育した僧侶である。占領した美濃斎藤家の本拠地稲葉山城を、周の武王の故事にちなみ岐阜城と名づけた老僧だ。また、信長の朱印の〝天下布武〟の考案者でもある。

四

かつての信長の師は、巨木に彫りつけた仏像のような趣きがあった。樹皮を思わせるしわが顔中に走っている。

「久しいな、和尚よ」

信長が声をかけても、顔に微塵の変化もない。無言で、浅く頭を下げるだけだ。静かな表情は、数百年前から風雪に耐えてきたのではと思わせる威厳を醸しだしていた。

「こたび、和尚を呼んだのは他でもない。阿含経《あごんきよう》のことが知りたいのだ」

沢彦和尚の半面がぴくりと蠢《うごめ》いた。眠たげだったまぶたもあがり、黒い瞳が信長を射貫く。

「和尚は若きころ諸国遍歴をしたそうだな。阿含経のことも中国僧から学んだと、言っていたではないか」

阿含経とは、仏陀の直弟子たちが残したといわれる最古の経典のことだ。

皮をさくようにして沢彦の口が開いた。

「なぜ、阿含経を知りたいと欲するのですか。今は、大乗仏教の世でございます」

阿含経などの原始仏教は、小乗仏教として軽んじられている。

「釈迦が、いかに仏教を説いたか――もともとの教えを知りたい。博識の和尚なら知っていよう。比叡山や一向宗は、己のことを仏敵と呼んでいる。ならば、己は仏と戦わねばならない。敵を知り、己を知れば百戦危うからずだ。まず、仏とはいかなるものだったかを教えてくれ」

しばし、沢彦は沈黙した。今までの瞑想するかのような無言とはちがい、内面に躊躇《ちゅうちょ》と戸惑いが渦巻いていることを、信長は感じとっていた。

「たしかに、拙僧は九州遍歴のおり、中国僧から阿含経——そして阿含経の解法の書である阿毘達磨《あびだつま》の教えをうけました」

言葉には苦しげな色が浮かんでいた。

沢彦がいうには、阿含経と阿毘達磨は万巻の書であるという。比喩ではない。教えを請うた中国僧でさえ、三十年の時を費やして、三分の一しか読破できなかったという。当然、沢彦はそのごく一部を教えられたにすぎない。

「それでもよければ、拙僧の知るかぎりのことを教えましょう」

信長の養育役だった沢彦は、信長が何に興味をもつかを知りつくしている。

「阿含経では、人間は六つの根（感覚器）をもつと教えています」

「六つ？　五つの間違いではないのか」

眼識《げんしき》、耳識《にしき》、鼻識《びしき》、舌識《ぜつしき》、身識《しんしき》——これらの五根（感）以外に何があるというのだ。

「心でございます」

信長は失笑を漏らす。あまりにも観念的だ。だが、つづけた沢彦の説を聞いて、笑いがしぼむ。

「人は、目や耳でとらえたものを、燭台の灯りで壁に影を映すように、心で受けとめます。そう考えれば、心も目や耳と同じように何かを感じる根（感覚器）なのです。この心もあわせて、人間には六根があるといわれております」

心でとらえたものを意といい、心以外の根でとらえたものを識と呼び、あわせて〝意識〟となる。そして、座禅や瞑想とは目や耳などの五根を可能なかぎり閉ざし、心という根（感覚器）のみで感じ取ることだという。

信長の体が、自然と前のめりになる。

おもしろいと思った。実に合理的な教えだ。すくなくとも、念仏を唱えれば極楽に往生できる、という教えよりもはるかに説得力がある。

さらに、沢彦は阿含経の核心を教える。

仏陀は、涅槃《ねはん》を目指した。涅槃とは、五道輪廻からの脱却だ。五道とは、天上、人間、畜生、餓鬼、地獄の五つの世界のことである。もし不殺生の戒律を犯せば、人間界から畜生界に生まれかわり、苦しみをうける。殺生を犯したという〝悪業〟ゆえだ。では、それらの反対の善行を行えば五道輪廻から解放され、涅槃にいたるか。答えは否だ。なぜなら、善行を行うことで〝善業〟と呼ばれるものがつくからだ。死してからは、天上の世界に輪廻する。そこは人間界と同じように、生老病死の苦しみに満ちた世界だ。ただ、すこしだけ人間界や他の三界よりましというだけだ。天上界で悪行を積めば、当然来世は地獄に落ちる。悪行であれ善行であれ、人が何らかの行いをすることで、業は借財の利子のように増え、輪廻の呪縛にとらわれつづける。

「では、善行や悪行を一切行うな、というのか」

沢彦和尚は首を横にふる。

「行いをするときの心の動きが業を生むのです。知らずに虫を踏みつぶしても、悪業も善業もつきませぬ。幼い子が虫を殺しても、無垢なままでいるようにです。人を殺そうという心の動きが、業を生むのです。この心の動きを、凪《な》いだ湖面のようになくすことが、涅槃にいたる道です」

「それが悟りだというのか」

「拙僧が理解する阿含経の範疇では、そうなっております」

「では、一向衆どもの考えはいかがあいなる。奴らは、進めば極楽、退けば地獄といっている。戦って死ぬときの奴らの顔は、喜びにあふれているぞ」

「釈迦の考えによれば、彼らが涅槃にいくことはかないませぬ。喜悦が顔にでるということは、心に大きな波がうねっているからです。間違いなく業を背負っています。五道輪廻の苦の連鎖からは逃れられませぬ。戦って死ぬのが、はたして善業なのか悪業なのかは、拙僧の理解のおよぶ範囲ではありませぬが」

「そもそも」と、沢彦和尚はつづける。

「釈迦が崇拝されているのは、涅槃にいたる方法を見つけたからです。釈迦は、神ではありませぬ。それが、全能をうたう切支丹《キリシタン》の神と決定的にちがうところです。ですが、長い年月、天竺から唐《から》、朝鮮、日ノ本とわたるうちに、いつのまにか現世利益の仏神を生みだしました。念仏さえ唱えれば、極楽にいけるというふうに変化したのです」

今では極楽という言葉が、釈迦のいう涅槃なのか、それとも五道輪廻の天上界なのかもあやふやになってしまっているという。

「和尚、しばし待て」

突然だった。信長が手をあげて、説く沢彦の教えを途中で制する。ひかえていた小姓が不審気な目をむけた。かまわずに立ちあがり歩を進め、勢いよく襖を開ける。

「あ」と、小姓が声をだした。

信長の足元に、何者かがいる。

七歳ほどの童《わらべ》だ。まっすぐな鼻梁と形のいい目が、誰かに似ていた。

「何奴だ」

誰何《すいか》すると、歳に似あわぬ所作で童は平伏した。後ろ襟の隙間から、ちらりと経帷子が見えた。

「森三左衛門（可成）の三男の乱でございます」

妙向尼が連れてきた子ではないか。

「お主、聞いておったのか。無礼であろう」

小姓が立ちあがり、床を鳴らして近づいてくる。

「よい、童《わっぱ》にわかる話ではない。捨ておけ」

何より、乱の父の森可成は死んだとはいえ織田家の功臣だ。この程度のことで息子を罰しては、人心が離れる。乱を下がらせ、さらに沢彦と半刻ほど問答を重ねた。

「和尚、ご苦労だった。阿含経のことは、よくわかった。今日の礼はおって、使者より沙汰する」

静かに退出する沢彦を見送ってから、小姓に目をやる。

「絵地図をもってまいれ。そして、人払いをしろ。ひとりで考えたい」

信長は部屋の中央で胡座《あぐら》をかき、小姓がもってきた地図に目を落とす。畿内から尾張にかけての国々が描かれていた。大坂本願寺、長島の一向宗願証寺、比叡山延暦寺の部分は、一際大きな朱色の丸で彩られている。

横には囲炉裏があり、赤く色づいた炭が熱を放っていた。

さきほどの沢彦との問答を思いだす。

阿含経の全容はわからない。大まかな幹と輪郭を教えてもらった程度だ。だが、聞いた話は南蛮の品々を見た驚きと似ている。地球儀を見たとき、世界の成り立ちがわかったように、阿含経の話を聞いたとき、信長は己の内面の成り立ちが少しわかったような気がした。

それに比べれば、一向宗や比叡山の教えはゆがみきっている。だけならまだしも、悪僧たちはそれを悪用し、周辺の民は彼らをのさばらせている。

特に一向衆と呼ばれる者どもはひどい。悪人正機――善人が往生をとぐならば悪人はなおさらだ、という親鸞上人の言葉を逆手にとり、造悪無礙《むげ》という考えを導き、悪事に躊躇なく手を染める。阿弥陀仏の一仏信仰を歪曲《わいきょく》し、余仏諸神を迫害する。

——奴らを生かしておいても、あやまった仏道を広めるだけだ。

仏道の真理に近づくことは、永遠にないだろう。

信長は、ふたたび絵地図を睨む。

比叡山、大坂、長島の三つの聖地を痛いほど凝視した。

「焼くか」と、つぶやく。

横で熾《お》こる炭が、答えるかのように爆《は》ぜた。

五

信長の左右には、具足に身をつつんだ織田の侍大将たちがずらりとならんでいた。

その奥へ目をやると山嶺が横たわっており、比叡山延暦寺の堂宇の数々が輝いて見える。

織田家は、大軍でもって比叡山を囲っていた。信長の前には、一枚の起請文《きしょうもん》がおかれている。
一、信長の味方となるならば、延暦寺領を返還する。
二、味方できぬなら、浅井朝倉にも味方せず、中立をつらぬく。
この二文の最後に「違約のときは、一山ことごとく焼き払う」と信長の覚悟が書かれていた。先年、浅井朝倉をかくまった延暦寺と交わそうとした起請文だ。

「今こそ、先年の約定をはたす。ここに書いてあるとおり、比叡山を焼きはらう」

諸将がどよめいた。戸惑いと恐怖の色が濃く含まれている。

「奴らが、いかに仏道に外れた行いをしているか、知らぬわけではあるまい」

信長の声は大きくはなかったが、諸将のどよめきを圧《お》しつぶすには十分な迫力があった。何より、理もあった。比叡山の徒が肉食淫乱奢侈《しゃし》と多くの戒律を破り、だけでなく強権を振りかざし京都の町衆を苦しめているのは周知のことだ。

「し、しかし」と、群臣からひとりがにじりでる。

「たしかに、比叡山の悪僧は許し難くあります。天にかわり罰を与えるは必定なれど、山にこもる民はどうなります」

青い顔で諸将がうなずいた。

「弱き民——女子供までをも殺せば、天下に消えぬ汚名を残すことになります」

必死の形相で言上する家臣を、信長は鼻で笑った。

「お主らは間違っている。民は弱くなどない」

諸将が目を見合わせる。

「田畑を耕し、商いをさかんにし、子を育てる。民こそが、国の力の源だ。我ら武士以上にな。民なくして、国は成り立つか」

「そ、それは」

予想外の信長の言葉に、諸将は動揺を隠せない。

ただひとり満足気にうなずいたのは、丸くふくよかな顔をした明智光秀である。

「己は、すべての者を等しくあつかう。民といえど、同様だ。今、比叡山にこもる民どもは、己と延暦寺を天秤にかけ、悪僧どもについた。それだけで万死に値する」

家臣たちの何人かが、よろけるようにして数歩後ずさった。

「これが武士ならば、三族皆殺しだ。ちがうか。なぜ、民だからといって、容赦し赦免しようとする。理由を述べろ」

　誰も反論できない。

「正しく物事を判じ、正しく恐れるならば、民が比叡山にこもることはなかった」

　延暦寺の堕落は日ノ本中が知るところだ。比叡山にこもるということは、民たちはその堕落を容認したことになる。

「悪僧は無論、その蜜に群がる者も同罪だ。相応の裁きを下すのみ」

「あ、悪評悪名をかぶってもですか。延暦寺や一向宗はもちろん、日ノ本のあらゆる宗派の者どもは、殿のことを魔王や悪魔と難じておりますぞ」

　笑止だ。変容した仏陀の教えにすがり、あまつさえそれさえもゆがませ悪用する信徒どもに、魔王悪魔となじられて、痛痒《つうよう》を感じると思っているのか。

「悪評悪名を恐れ、正道を踏みはずすなど、もっての外だ」

　信長は立ちあがった。

「手に松明《たいまつ》をとれ。足軽だけではない。すべての侍大将にも命ずる。炎を武器とし、悪僧どもとそれを肥えさせる民たちを燃やしつくせ」

そして――

信長ひきいる織田軍は、幾度も町や民を焼きはらった。比叡山延暦寺、近江国百済寺《ひゃくさいじ》、足利義昭謀反を支持した上京の町、悪評悪名は沸騰する湯のごとくだったが、不思議なことがおこった。

町や民を焼くほどに、織田家の支配が盤石になっていったのだ。人々は町を守れぬ延暦寺や足利将軍を次々と見限り、信長へとなびきはじめた。この乱世にあって、最大の罪は自領の民を守れぬことであり、それに比べれば町や民を焼くことなどささいな罪なのだ。

もはや織田軍は、寺や神社、あらゆる聖域を焼くことを恐れていなかった。

六

湿原を吹きぬける風が、具足に身をつつむ信長らの顔を心地よくなでる。

風は伊勢の海に潮しぶきを生み、河口から川をさかのぼり、長島願証寺の旌旗《せいき》をはためかせ、葦原をゆらし、織田軍の旗指物をなでる。

今、信長は八万もの大軍で長島にある一向宗願証寺を攻めていた。願証寺の拠点は、大坂本願寺の城とよく似ている。どちらも海と川に面し、葦原に囲まれている。川の中洲にある敵の城塞から、次々と舟がでてくる。一向宗の門徒たちがひしめいていた。甲冑はきておらず、槍ももっていない。南無阿弥陀仏と墨書された旗が一本だけ、力なくなびいている。とうとう、織田軍の圧力に屈し、願証寺は開城降伏を受けいれたのだ。

退城する一向衆の舟を、信長はさめた目で見ていた。

「あれをもて」

信長が近習に指示をだす。もってこさせたのは、むしろ地の旗指物だ。〝進者往生極楽退者無間地獄〟と墨書された一向衆の旗である。

「見よ、一向衆が退いていくぞ」

一向衆の旗を背にして、信長は願証寺の舟を指さした。

「退者無間地獄――奴らの地獄行きは決まったな」

信長の一言は見えぬ雷に変じ、織田軍のあいだを駆けめぐる。

「もはや、長島の一向衆は敵ではない。降伏を認めた今は、同胞だ」

いぶかしげな目差《まなざ》しが信長に集中する。

何人かは、背後にある〝進者往生極楽退者無間地獄〟の旗と信長を何度も見比べた。

ささやきが、波紋のように広がっていく。信長の言葉を伝えているのだ。織田軍の隅々にまで行きわたったのをたしかめてから、信長は言葉をつぐ。

「同胞の地獄行きを座して見過ごすわけにはいくまい」

波紋は動揺の波に変わり、織田軍という水面を覆いつくす。

「進者往生極楽、退者無間地獄」

信長はつぶやいただけだが、それさえも伝わっていく。

「城から逃げる願証寺の宗徒たちを、地獄へ落とすわけにはいくまい。そう思わぬか」

具足がすれあう音が、あちこちで聞こえた。侍大将から足軽にいたるまで、すべての織田軍がうなずいたのだ。

「どうすれば、願証寺の宗徒どもを地獄行きから救える」

信長の問いかけに、沈黙が応える。かつて、これほどまでに雄弁な無言があったであろうか。

「各々で考えよ。そして、答えがでたならば、ただちに行動にうつせ。行いに伴うすべての責は、この織田信長が引きうける」

風がふき、〝進者往生極楽退者無間地獄〟の旗が音をたててはためく。助けを乞うかのように聞こえるのは、錯覚だろうか。

城をでていく一向衆の舟へ、黒光りするものがむけられる。線香を思わせる細い煙が、幾千本も棚引いていた。鉄砲の火縄に、織田軍が火を灯したのだ。

「進者往生極楽……退者無間地獄」

一向衆ではなく、織田軍のあちこちから声が聞こえてきた。

城から列をなしていた舟が、一斉にゆれる。まだ、織田軍の鉄砲は火をふいていない。異変を察した一向衆たちが、立ちあがったのだ。

刹那《せつな》、轟音がひびく。

水煙があがり、舟から一向衆たちが次々と落下する。

見えぬ手で掻き乱されたかのように、葦原も蠢く。

さらに銃撃はつづき、舟の上で一向衆が躍る。たちまち、水面が朱に染まった。

舟が片側へ大きく傾いた。織田勢のいる岸側の舷《ふなべり》に、宗徒が殺到する。転覆寸前で、次々と川へ飛び降りた。刀をかまえた宗徒が、捨て身の反撃へと移る。葦が生いしげる川を突ききり、信長軍へと近づく。

銃弾と矢で迎えうち、叫喚と血があちこちで巻きおこった。

「地獄と極楽か」

眼前で繰り広げられる殺戮《さつりく》を眺めつつ、信長はつぶやいた。

阿含経や阿毘達磨の教えによれば、地獄行きを恐れることはない。地獄に輪廻転生しても善業を積めば、人間界や天上界に転生できる。また、地獄でも正しい修行を積めば、涅槃の境地にいたることは可能なはずだ。

そもそも浄土真宗の教えに忠実であれば、合戦の進退に極楽行きや地獄行きは左右されない。退いたとしても、南無阿弥陀仏さえ一心に唱えれば極楽往生できる。にもかかわらず、眼前で殺される敵は、退けば地獄に落ちると信じている。

「己は、誰と戦っているのだ」

思わず自問が漏れてしまった。

「誰……ですと、長島の一向一揆どもではございませぬか」

恐る恐る近習のひとりが言上する。

だが、あのなかに仏陀の教えの万分の一でも理解する者がいるのか。真の一向宗や浄土真宗の徒はいるのか。

——己は今、何者を殺しているのだ。

心中の疑問は、大地を消すかのような錯覚を呼びこむ。天地東西南北の一切を失ったかのようだ。

正気にもどったのは、叫ぶ使番の声が聞こえたからだ。

「織田信広様の陣が破られました。信広様、討ち死にの模様」

どよめきが、本陣に満ちる。織田信広は、信長の庶兄である。信長の名代として将軍義昭との和議交渉をまとめるなど、織田一族の重鎮だ。

「狼狽《うろた》えるな。窮鼠《きゅうそ》が猫を噛むのは、予想のうちだ。犠牲を恐れず、囲み討ちにしろ」

信長は冷静に指示をだす。

近習や旗本の顔は蒼白なままだったが、信長の命令を正確に理解し、部下たちに伝えていく。そうすることで、仏徒を根絶やしにする恐怖に必死に耐えているのだ。

信長は、淡々と織田軍を動かす。一向衆を斬りきざみ、民がこもる城塞に躊躇なく火をかけた。

南無阿弥陀仏の悲鳴が、長島の空いっぱいに広がる。

七

時はきた。

本願寺にとどめを刺す。

信長の前には、大坂本願寺の縄張図、畿内の絵地図、起請文や書状がずらりとならんでいた。かつて隆盛を誇った本願寺の勢いは、もはや過去のものだ。織田軍は長島を焼き、一向宗に支配されていた越前の国も平定し、万を超える宗徒を処刑した。毛利水軍の大坂本願寺への援軍に対しては、一度は大敗したが、二年前の天正六年（一五七八）に海戦で鉄甲船をもちい完膚なきまでに叩きのめした。その間、多くの勇功の将を喪《うしな》い、信長自身も足に深傷《ふかで》を負った。

そして――

目を一枚の起請文へやった。今年の七月までに完全退去させることを、大坂本願寺に約束させたものだ。

七年前の天正元年（一五七三）の浅井朝倉の滅亡を皮切りに、三木城の別所氏など同盟者の落城降伏が相次いだ本願寺は、急速に和議へと傾いた。朝廷があいだにはいることで交渉を進め、織田家の完全勝利にひとしい形で和議が結ばれたのだ。

だが、和議を遵守する気など、信長には毛頭ない。

長島の一向宗願証寺でも開城の後に、騙し討ちで皆殺しにした。同じことをする。すでに諸将には根切りの命令を伝え、その手配は半ば以上すんでいた。

「上様」と、襖のむこうから凛とした声が届いた。

「乱か」と、信長は引きこまれるように問いかえしてしまった。苦笑したのは、たずねるまでもなかったからだ。沢彦と信長の問答を盗み聞きしていた妙向尼の三男、森乱である。今は、信長の身辺雑務を一手に引きうける小姓頭にまで成長していた。

ゆっくりと襖が開き、十代半ばの少年があらわれた。整った目鼻立ちは男装の麗人という趣きだ。無駄と冗長を嫌う信長でさえ、余計なやりとりをしてしまうほどの麗色をたたえていた。が、喉仏はうっすらと隆起し、体も骨っぽさを徐々に増し、大人の男に成長しようとしている。

「浄土真宗本願寺の使者がこられました」

森乱の声に、信長の眉宇が硬くなる。

本願寺の使者には、つい先日あったばかりだ。なぜ、またきたのか。

信長の疑問に答えたのは、森乱の背後の人影だった。ゆらりとゆれて、あごの高さで切りそろえた髪が目にはいった。

「まさか、使者とは妙向尼か」

森乱の背から、妙向尼が姿をあらわした。数珠を鳴らして、信長の前で跪《ひざまず》く。かつてとちがい、経帷子はきていない。

「どういうことだ。なぜ、妙向尼がここにいる」

「こたびは、織田家家臣森家の妻ではなく、浄土真宗の一信徒として参りました。顕如猊下から、上様にお伝えする言葉をあずかっております」

床に顔をむけたまま、妙向尼は言う。

「顕如の伝言ということか」

「さようでございます」と答えつつ、ゆっくりと妙向尼は顔をあげた。

「大坂本願寺への根切り、思いとどまっていただきとうございます」

「顕如がそう言ったのか」

信長は、身構えるように前のめりになった。

妙向尼がうなずく。

「では、根切りされるとわかっていて、和議に応じたというのか」

ふたたび、妙向尼がうなずく。

信長は、視線を森乱へ移す。顕如が、信長の根切りの意向を知っていた。つまり、内通者がいるということだ。

「申し訳ありませぬ」と、森乱は平伏した。

「上様の浄土真宗に対するお考えは、逐一母に報せておりました。そして母は、顕如猊下へ上様のお考えを伝えておりました」

つまり、信長が大坂本願寺に対していかなる仕打ちをするかは、敵に筒抜けだったということだ。が、信長に怒りはない。許されざる裏切り行為だが、かといって本願寺にとどめを刺すのに、今何かの支障があるわけではない。

「言葉をつくせば、己が大坂本願寺の根切りをあきらめると思ったのか」

まるで心がつながっているかのように、母子は同時に口を開いた。

「はい。顕如猊下のお考えを聞けば、上様はかならずや浄土真宗をお許しになります」

ふたりは信長の眼光をうけても、一向にひるまない。

前かがみの姿勢をとき、脇息《きょうそく》にもたれかかった。

「いいだろう。聞くだけ、聞いてやる。ふたりの——顕如の考えることを申せ」

森乱が母に目をやり、妙向尼は膝をにじりすこし前へでた。

「まずは、上様に浄土真宗のまことの姿を知ってほしくあります。上様の憎む一向宗とは似て非なるものということを、ご理解いただけるでしょう」

妙向尼は語る。そもそも、浄土真宗を信奉する大坂本願寺は一向宗という言葉を否定していた。三代前の本願寺宗主蓮如《れんにょ》は、信徒たちに決して一向宗と名乗らぬように幾度も指示をだしたほどだ。

「造悪無礙の考えで悪事を重ね、阿弥陀仏以外の余仏諸神を排斥するのは一向宗の仕業であり、浄土真宗の行いではありませぬ」

歴代の本願寺宗主は造悪無礙を否定し、阿弥陀仏の一仏信仰を貫きつつも余仏諸神への敬意を捨てるべからずと説いていた。

「だが、大坂本願寺にこもる奴らは〝進者往生極楽退者無間地獄〟の旗をかざし、己に逆らっている。あれは真宗の本来の教えではあるまい。なぜ、教えをゆがめる。なぜ〝進者往生極楽退者無間地獄〟の旗を下ろさせぬ。どうして浄土真宗ではなく、凶悪な一向宗も取りこんで、己に逆らう」

信長の声は大きくはなかったが、敵をなじるような気迫があった。だが、妙向尼は怯まない。

「浄土真宗を含めた一向宗を禁制弾圧する地が、日ノ本には多いのはご存じでしょう」

北条家が治める関東、日蓮宗と結託した佐竹家が治める常陸、元興寺《がんごうじ》が勢力をもつ大和、九州の肥後、島津家支配の薩摩などは、浄土真宗を含めた一向宗は迫害されている。

また四十八年前の天文元年（一五三二）には、管領の細川晴元と結託した日蓮宗徒が、山科にあった本願寺の本拠地を焼いた。これにより、本願寺は今の大坂の地に本拠を移さざるを得なくなった。

「迫害をうけつづければ、いつか浄土真宗の教えは絶えます。法灯を絶やさぬためには、真宗が力をつける必要がありました」

他者の迫害を撥《は》ねつける力――浄土真宗が戦国大名化することでしか、教えを後世に伝える方策はなかったのだ。しかし、戦国大名としての武装独立は諸刃の剣だ。独立を死守するために、真宗だけではなく一向宗の力を借りる必要があった。一向宗を取りこんだことにより、真宗の教えが濁り、一向宗との境界が曖昧になった。

造悪無礙、余仏諸神排斥の考えが、真宗の徒さえも蝕《むしば》みだした。

「ですが、こたびの和議がなれば、浄土真宗は本来の姿にもどります」

「本来の姿だと」

「はい。仏道と政道を切り離すことです。こたび、朝廷の肝いりで和睦しました。それは朝廷が浄土真宗の教えを認めたことです。真宗は、朝廷と織田家という外護者を得たことになります」

戦国大名としての力を捨てるかわりに、朝廷と信長の庇護下にはいる。そうすることで迫害をうけなくなる。一向宗と決別し、純粋な浄土真宗教団の姿によみがえり、さらなる発展をとげられる。

「荒唐無稽な考えだな」

理想の教団とするために、信長に矛を向けたのか。そして、真宗の教えを濁らせる一向宗の徒を信長に殺させたというのか。

しかし、信長が和睦の約定を遵守すれば――大坂本願寺を根切りしなければ、妙向尼の言う純粋な浄土真宗教団に生まれ変わる可能性は高い。

「もちろん、顕如猊下がすべてを見通して動いたわけではありません。そのとき、そのときの最善と思われる手を打ちつづけているうちに、阿弥陀仏に導かれるように、今の状況になったのです」

妙向尼は顔の前で両手をあわせ、南無阿弥陀仏と静かに唱えた。

「にわかには信じがたいが、一向宗、否、真宗の考えはわかった。だが、甘くないか。どうして、己が真宗を保護すると思った。己は、比叡山と長島を焼いた男だぞ」

「ですが、金森《かねがもり》の城は赦免し、楽市楽座を発布しました」

予想していたのだろう、間髪をいれぬ妙向尼の返答だった。

近江国の金森城は一向衆が蜂起したが、信長はこれを攻め落とす。だが、信長は金森の城や寺は焼かなかった。見せしめとしては、それが一番であったにもかかわらずだ。理由は、金森城の坊主は悪僧ではなかったからだ。造悪無礙や余仏諸神排斥の考えには侵されていなかった。思えば彼らは妙向尼のいうところの一向宗ではなく、真宗の門徒だったのかもしれない。正しい浄土真宗の教えを歩むのであれば、と信長は彼らを許した。さらに楽市楽座を発布し、復興の道をつけた。

「上様は、正しき道を歩む者は赦免されます。なればこそ、こうしてお願いにあがりました」

妙向尼は平伏し、森乱もつづく。

信長は無言だ。

じっと考えていた。

耳から聞いた妙向尼の言葉を心に映し、それをまた心で受けとめた。幾度、そんなことを繰りかえしただろうか。

結論がでる。

――大坂本願寺を赦免する。

――根切りはしない。

浄土真宗が、このまま正しい道を歩むかどうかは未知数だ。事実、顕如の息子の教如《きょうにょ》は信長への徹底抗戦を唱え、分派の動きをみせている。だが、すくなくとも妙向尼と顕如は正しく信長を見て、正しく信長を恐れている。それだけがわかれば、赦免するには十分だった。

八

かつて大坂本願寺のあった地は、焼け野に変わり果ててしまった。鈍色の堂宇は黒と灰色の瓦礫と化して、黄金の阿弥陀如来の仏像は煤となった。

信長が焼けと命令したわけではない。顕如らが大坂本願寺を退去した後に、失火により焼亡してしまったのだ。

本願寺の本堂があった場所にたつと、海が見渡せた。水面が輝いている。

そういえば、桶狭間の合戦の後もそうだった。桶狭間山に登り、輝く伊勢湾を見た。あのとき、すぐ背後にいた岩室長門守はいない。岩室は、敵に正しく慄《おのの》き、その上で恐怖を乗り越えろ、と言った。正しく慄くためには、敵の姿を正しく知らねばならない。

一向宗の徒は強敵だった。織田軍の要を何人も喪った。

だから、強敵である一向宗や浄土真宗の教えを理解しようとした。そして、知れば知るほど、信長の心は恐怖からかけ離れていった。岩室がいった真の勇者への道は遠のくばかりだ。

重い息を吐きだす。

こうべを巡らし、かつて岩室がひかえていたところを見る。当然のごとく岩室はいない。かわりに、鼻筋の通った少年がひとりひかえていた。

森乱である。

「己が恐怖を覚えるには、どうすればよいのだ」

まるで、岩室にきくように、問いかけてしまった。

森乱は微笑をたたえた口元を開く。

「上様、神におなりあそばせ」

刹那、信長の全身を雷のようなものが貫いた。

しばらく無言だったのは、全身が固く強張《こわば》っていたからだ。

「神だと」

発された声が、己のものだと最初わからなかった。恐怖がべったりと、言の葉を塗りつぶしていた。自身の唇がふるえていることに気づく。笑い飛ばそうとしたが、できない。

ごくりと唾を呑んだ。

腕をなでると、肌が粟立っている。なぜか、背も冷たい。

「上様が神となって、この世のすべてを塗りかえるのです」

仏像を見上げるようにして、森乱はつづける。

「日ノ本だけではなく、朝鮮や明《みん》、天竺、南蛮の国々さえも塗りかえ、創りかえるのです」

かたかたと、己の五体がふるえているのがわかった。

「それ以外に、上様を恐れさせるものがこの世にありましょうか」

信長の心身におこった変化をわかっているとでも言いたげに、森乱は白い歯をみせて笑いかける。

「神か」と、やっとつぶやくことができた。

神になるとは、仏や神祇《じんぎ》のすべてを否定するということだ。仏教神道はおろか、切支丹や回教さえもだ。すべての仏や神を敵に回す。当然、朝廷や天皇もだ。

さらに肌の強張りがまし、脂汗がこめかみさえ濡らした。

「神になれ」と言い放った森乱の言葉に、信長はたしかに恐怖していた。

それだけ理解できれば、もう十分だった。

「ならば、本尊がいるな」

半ば冗談だった。が、森乱は律儀に答える。

「上様がお命じになれば、足元にある石さえも、どんな秘仏神像よりも貴重なものになりましょう」

「ならば」と、信長は足元にある石をつかんだ。灰色の表面に赤茶けた紋様のようなものがある。見ようによっては、それは蝶が羽ばたくかのようだ。

「これを、わが城におけ。そして、この石を己と思い、神として崇めさせろ」

神仏を信じるすべての民を、この何でもない石にひれ伏させる。これほどまでに神仏を侮辱する行為があろうか。

「己は神になる」

またしても、恐怖が信長の五体を走る。五臓六腑さえも戦慄するかのようだ。
森乱はうやうやしく平伏し、唄うように「御意のままに」と答える。
己が神となって、この世のすべてを否定して、創りかえる。
身のうちからにじむ感情を味わうのは、何十年ぶりだろうか。

第四章　天の理、人の理

一

人の形をしたものは、本堂の中央でたたずむ織田信長ただひとりである。

窓を閉めきった本堂は暗く、隙間からはさきほどまで光が差しこんでいたが、それさえもなくなった。一本だけある燭台の火も消えかかっている。

目の前にあるのは、拳ほどの大きさの石だ。金色の台の上に、うやうやしく鎮座している。

一見すれば何でもない石だが、灰色の表面に赤茶けた紋様があり、それが蝶の形に見えなくもない。大坂本願寺にあった石くれである。大坂本願寺が炎上した翌日、信長はこの石をつかみ宣言した。

――己は神になる、と。

そして、この石を己と思い、神として崇めさせろ、と命じた。信長の分身は〝盆山《ぼんさん》〟と名づけられ、安土城の一角に建てられたここ摠見寺《そうけんじ》に安置され、今信長と対峙している。

冷気が、信長の肌にまとわりついていた。春も深まりつつある二月の夜気は、決して冷たくはない。にもかかわらず、真冬のような凍えを、体のどこかに感じていた。そうかと思えば、心臓は祭りの日の太鼓のように胸を強く打ち、掌はじっとりと汗ばんでいる。命綱をもたずに千尋の崖の上にたっているかのような心地だ。

自身を神とすることで、信長は恐怖を友にすることができた。

しかし、ひとつ疑問がある。

――己は本当に強くなれたのだろうか。

分身である盆山に問いかけるが、無論のこと答えはかえってこない。

暗い堂内は、しんと静まりかえっていた。

毛利の使僧である安国寺恵瓊《あんこくじえけい》は、信長のことを「いずれ高転びする」と評したという。人づてにその言葉を聞いたとき、怒りはわかなかった。

不思議と納得さえした。

南蛮の宣教師が、聖典にあるひとつの物語を教えてくれた。はるか過去、世界はひとつの言葉だけをもつ民しかいなかった。驕《おご》った人々は、神の世界に届く塔を建てようと企てる。

その行為は神の怒りをかった。

神は巨大な雷を振りおろし、塔は粉々になり人々は散り散りになった。各地に別れた人々はそれぞれ別の言葉をしゃべるようになり、もとのようにひとつになることは決してなかったという。

塔があった場所は〝ばべる〟と名づけられた。

恵瓊は、この〝ばべる〟の塔と同様の事象が、信長に降りそそぐと予言している。

「望むところだ」

気づけば、信長は声にだしていた。

神が怒りの鉄槌をくだすならば、くだせばいい。どんなに大きな雷であっても、己は逃げずに受けとめる。神の怒りを信長が凌駕したときこそ、己が真の強者であることの証になるのだ。

木がきしむ音がして、首をひねった。手燭台をもった青年がたたずんでいる。女性のような秀麗な顔は、森乱だ。

「ご到着の諸将が、御殿にお集まりです。十日ほど後には、武田攻めのために出立いたしますれば、皆々様にお言葉をかけていただけませぬか」

いよいよ、武田家に引導をわたすときがきた。甲斐の虎と呼ばれた武田信玄が上洛の陣中で没したのが、九年前の元亀四年（一五七三）四月。長篠設楽原《したらがはら》で武田勝頼を完膚なきまでに倒したのが、七年前の天正三年（一五七五）五月。もはや、天下布武は目前である。

「わかった、すぐに御殿へいこう」

本堂を出る。摠見寺は安土城のある山の中腹に位置していた。甲賀から移築した三重の塔や仁王像を安置した門がある。門をくぐり、山下へ続く石階段を降りていく。

星たちと競いあうように、地上に火がいくつも焚かれていた。安土の町はもちろん、その外にもだ。武田攻めのために集まった、織田家の大軍が灯す篝火《かがりび》である。夜の闇で沈む大地を、炎で塗りかえるかのようだ。

「到着した諸将に油断や慢心はないであろうな」

厳しい声で信長が森乱に問う。

「上様のお言葉はしかと伝えております。しかし、もはや武田家の勢威は過去のものゆえ、かつてのような悲愴の色はありませぬ」

信長は舌打ちをこぼす。

長篠設楽原の合戦で鉄砲放ちの衆を領国全土から集めたときは、みなの顔は葬列に参加するかのようだった。恐怖していたがゆえに、織田軍に油断が生じる隙はなかった。森乱は当時十一歳であったが、その光景を覚えているようだ。

「考えが甘い。今一度手綱を引きしめろ。もてる力のすべてを、武田攻めにそそぐのだ」

信長の厳しい声とは対照的に、森乱の背後にひかえる近習や小姓たちの反応は乏しい。織田家の勝利を信じて疑っていない。

信長は満天の星を見あげる。

「高みに昇るものは、かならずや天から鉄槌をうける」

「我ら織田家が、武田ごときに敗れるということですか」

信じられぬという風情で、近習のひとりが言葉を差しはさんだ。疑問に答えたのは、信長ではなく森乱だ。

「かつて、義元が桶狭間《おけはざま》に布陣したとき、天にわかに曇り神風がふき、結果、上様に勝利が転がりこんだと聞きます」

唄うように、森乱がつづける。

「盆山を安置し神となった上様に、かつて桶狭間でふいた神風のごとき天変地異が襲ってくるということですな」

信長は深くうなずいた。さすがに森乱は理解がはやい。だが、他の近習たちはちがったようだ。

「たしかに、もはや我らの敵はこの人の世にはおりませぬな」

「もはや神仏にしか、上様の道を阻むのは不可能」

「いや、神仏でさえ、上様に道をゆずるでしょう」

追従の声を引きはがすために、信長は歩いた。あわてて、近習たちが手燭台で足元を照らす。安土城下にある御殿へといたろうとしたときだ。

信長の足が止まる。

なんだ、これは。血のように赤い灯りが、差しこまれる。手燭台の灯りではない。

それよりももっと強く大きい。まるで、赤い染料をこぼしたかのようだ。

足元だけではない。いつのまにか、地面が赤い煌々とした光をうけて照らされている。

信長は顔をあげて、見た。

東の空だ。

「おおおぅ」

近習や小姓たちが一斉にどよめく。

朝焼けのように、夜空が輝いていた。朝焼けとちがうのは、色が毒々しいほどの赤みをおびていることだ。海が満ち潮を迎えるかのように、天の下辺を染める赤がじわじわと上へとせりあがる。空にある星々を次々と赤が食《は》んでいく。

「な、なんだ、あの空は」

「まだ日の出にはほど遠いぞ。どうして東の空があれほどに明るいのだ」

「怪異だ」

「念仏を唱えるのじゃ。神仏がお怒りぞ」

強い風が吹きぬけ、悲鳴をあげるように木々がざわめいた。

ひとりだけ冷静さを失わぬ男がいた。信長ではない。

「上様」

いつもと変わらぬ声で、森乱がそっと信長に寄りそう。

「この怪異こそは、上様が頂点を極めんとする証でございます。とうとう、天が上様の偉業を阻まんとしています」

〝ばべる〟の塔しかり、頂点を目指すものは天から鉄槌を下される。今川義元がそうだった。桶狭間で神風がふいた。だけではない。信長には常に僥倖《ぎょうこう》が寄りそった。長篠設楽原でもそうだ。

あのときも、天は信長に味方してくれた。

二

天正三年（一五七五）五月――

梅雨の雨で煙る設楽原に、信長はたっていた。

不快な湿気が、織田と武田の軍勢が布陣する戦場に充満している。甲冑の下にきる鎧直垂《ひたたれ》も、雨と汗で濡れていた。

奥三河にある設楽原は、左右から山が迫る回廊のような平野だ。北の山は襞《ひだ》のようにのびて、平地を侵食している。一見すれば単純な回廊型の地形だが、襞のような丘陵がその様相を変えていた。伏兵にはうってつけの死角を、いくつもつくっている。

「似ているな」と、信長はつぶやく。

桶狭間に、だ。桶狭間も、大小の丘陵が入りくんでいた。地形の陰にはいることで、信長の強襲作戦は奏功した。

この地形を活かせば、勝てる。信長はそう確信した。

耳が、ぴくりと動いた。しのつく雨をかいくぐるようにして、銃声が聞こえてくる。

音のする方角へ信長が顔をむけると、旗本たちも一瞬遅れてつづいた。

「どうやら、武田の斥候が近づいたようですな」

旗本のひとりがそういった。

武田軍の斥候を絶対に近づけるな、と信長は厳命していた。容赦なく、火縄銃と弓を浴びせろと伝えている。こちらの布陣の全容は、万が一にも敵に知られてはいけない。

平静を保とうとしたが駄目だった。思わず顔をしかめてしまう。

三千挺の鉄砲を用意させたにもかかわらず、次弾の発射が遅い。つま先で苛立たしげに地面を何度も踏んでいると、やっと銃声が聞こえてきた。しかし、さきほどの一発目とは比べものにならない。ぱらぱらと散発の銃声がつづく。

「やはり、音が弱いな。まったく、そろっていない」

訓練した鉄砲隊のはずなのに、だ。

「この雨のせいですな」

旗本のひとりが手をかざした。掌をおおう籠手《こて》に、雨がいくつものしみをつくる。

「雨火縄や雨覆いなどを鉄砲隊に支給しておりますが、晴れの日のように鉄砲を射つことは難しくあります」

風がふきつけて、雨の軌道が横殴りに変わった。遠くから聞こえる銃声が、一瞬だが完全に途絶える。雨で、火種が消えてしまったのだ。

何拍か遅れて、やっと銃撃が再開されたが、さきほど以上に音はまばらだった。

「雨ならば、そろえた三千挺の鉄砲の力は半減するな」

旗本たちが硬い表情でうなずく。

過去に、雨で痛い目にあった。六年前の永禄十二年（一五六九）の伊勢平定戦のことだ。大河内《おかわち》城の西門を丹羽長秀らに夜襲させたが、突然の雨で鉄砲が使いものにならず、名のある武者が二十人近く討ち死にしてしまった。

「すくなくない犠牲がでる。覚悟して、この一戦におよべ」

「はっ」と、全員が声をそろえる。

となれば、要となるのは伏兵たちだ。襞のように入りくんだ丘陵の死角に、身を潜ませている。

「念には念をいれるか」

信長は近習たちに向きなおり、伏兵の将である明智光秀と羽柴秀吉を呼ぶように命じた。

三

明智光秀の表情がみるみるうちに変わっていく。

「は、旗指物を焼くのですか」

目をむいて驚声さえあげた。広い額にしわをいっぱいに刻み、戸惑いが濃くにじんだ目差《まなざ》しを信長に絡みつかせる。背後には、旗指物を背にさした光秀の部下たちが百人ほどはいようか。降る雨が、彼らの体と旗を容赦なく湿らせる。

光秀は信長より六つ上の四十八歳。公家のようなふくよかな丸顔ながら、武略は織田家中で一二を争う。特に、比叡山延暦寺を焼き討ちした際の武功は他者の追随を許さなかった。

そんな光秀が、信長の下知に動揺を見せている。

その横には猿顔で小男の羽柴秀吉がおり、こちらも百人ほどが旗指物を背に負っている。

光秀がひきいる武者の旗には、水色の生地に桔梗紋《ききょうもん》が白く染めぬかれていた。美濃守護だった名門土岐《とき》家の家紋である。明智光秀は土岐家の一族ということもあり、桔梗紋を旗指物の定紋にしていた。一方の羽柴秀吉の旗指物は金色の生地こそは美しいが、何かの紋様や文字があるわけではない。完全な無地の旗だ。

「なぜですか。どうして、旗を焼かねばならぬのですか」

ふるえる声で、光秀は信長に問いただす。広い額には、雨と汗がいっぱいにへばりついていた。

「武田の斥候が、お主らの手勢を見つけたときのためだ。伏兵を悟られても旗指物がなければ、ひきいる将まではわからぬ。見つかっても伏兵ではなく、すでに布陣している将の別隊と思うやもしれん。すくなくとも正体のわからぬお主らに、武田は戸惑うだろう」

信長の言葉に、光秀の背後にいる武者たちがざわめいた。

「しかし、燃やす必要までありましょうか。身元がばれぬようにするだけなら、旗指物を隠すだけで十分でしょう」

光秀が恐る恐る信長に言上する。

「武田の忍びを侮るな。陣に忍びこまれ、隠していた旗指物を見つけられたらいかがする」

背後の武者たちが顔を見合わす。

「見ろ、この雨を。こたびの合戦では、鉄砲はあてにできぬ。我らが不利だ。戦えば、多くの犠牲がでる。下手をうてば、負けるやもしれぬ」

負ける、という信長の言葉に武者たちがどよめいた。

「だからこそ、だ。勝利のためには、あらゆる手をつくす。旗指物を燃やすだけで、勝利に近づけるのだ。どうして躊躇《ためら》うことがあろうか」

信長の言葉に、みながおし黙る。

「さすがは上様です」

絶叫したのは、光秀の隣にいた羽柴秀吉だった。ぎょっとした表情で、光秀が猿顔の将を見る。

「上様のお考え、至極ごもっとも。伏兵の我らが、身元がばれる旗指物をもつなどあってはならぬこと。いや、こんな簡単なことに考えがいたらぬとは。我らの知恵は、上様には遠くおよびませぬな。それよりも、さっそく旗を燃やすとしましょう」

秀吉は部下たちにただちに命令をくだした。金色無地の秀吉の旗指物が、次々と地面に集められる。躊躇《ちゅうちょ》なく油をまいて、火をつけた。降る雨を押しかえすようにして、炎が立ちあがる。

火の粉が、信長の顔をなでた。目を光秀へと移す。

光秀は顔をゆがめている。燃える秀吉の旗指物を、苦しげに見つめていた。桔梗紋を背負う背後の武者たちは、青い顔で光秀の下知を待っている。

「光秀よ、燃やさぬのか」

信長の声に、さらに光秀の顔がひしゃげる。

がくりと両膝をついた。つづいて、両手も雨でぬかるんだ大地につける。

「お、お許しください」

光秀が叫んだ。

「旗を焼くとのことですが、なにとぞご容赦を。我らがもつ旗は、誉《ほまれ》ある土岐一族のものです。それを火に焼《く》べるなど、できませぬ」

広い額を濡れた地面にすりつけて、光秀は懇願する。

意外だった。まさか、この男がこの程度のことを躊躇するとは。比叡山焼き討ちでは、情け容赦なく僧兵だけでなく民も殺したというのに。

「ならぬ」

足元ににじりよろうとする光秀に、信長は冷たく言い放った。

「堤は、蟻の一穴で崩壊する。旗指物は燃やせ。同士討ちの恐れがあるので、数本は残してよい。馬印も、見えぬように隠すのは許そう。だが、それ以外の旗指物はすべて燃やせ」

見えぬ荷を負わされたかのように、光秀の体が沈む。額が地面にめりこんだ。

信長は、その様子を凝視していた。

返答はない。光秀は黙したままだ。

火は燃えつづけ、雨は絶え間なく降りそそぐ。

「できぬというなら、別の将に伏兵の役をまかせる」

光秀の両肩がはねた。

ゆっくりと顔をあげる。額には、泥がいっぱいについていた。よろよろと立ちあがる。

腕を後ろにのばして、「旗を貸せ」と感情の読みとれぬ声でいう。

「し、しかし」

古くからの光秀の部下なのか、しわを刻んだ顔を必死に左右にふって老武者は旗をわたすことを拒んだ。

「旗をわたすのだ。これは、上様よりのご命令だ」

その声は弱々しく、まるで老人のようだった。武者たちの何人かが、背負っていた旗指物を外した。そのうちの一本を、光秀が受けとる。

光秀は、一歩一歩をたしかめるようにして炎へと歩む。

火の粉が、光秀のもつ旗指物にまとわりつきはじめる。

美しい桔梗紋が火につつまれた。炎の上に旗がかざされたのだ。

水色の生地は赤く染まり、黒く焦げて白い灰片となる。

四

旗を焼き万全を期した信長をあざ笑うように、長篠設楽原の地に雨は降りつづいた。

急普請した本陣の小屋の窓からは、味方の馬防柵の連なりが見える。雨水を吸いつづけた地面は弱く、ところどころで柵が斜めになっていた。それを足軽たちが縄を使って引っぱり、まっすぐに直そうとしている。

だが、縄を固定するための杭も、すぐにぬけてしまう有様だ。

今、開戦になれば、武田軍によって柵は簡単に倒される。

馬防柵から二十町（約二キロメートル）ほど離れたところに、武田軍一万五千が布陣していた。

武田軍に攻めさせる——これが信長のたてた作戦だ。馬防柵で武田の騎馬隊を防ぎ、鉄砲と伏兵を駆使して敵を壊滅させる。

こちらから武田軍を攻めれば、多大な犠牲を強いられる。たとえ勝っても、つづく本願寺、毛利、長宗我部《ちょうそかべ》らとの戦いで疲弊して、いずれ織田家は滅びてしまう。

今後の天下布武のためにも、武田に織田の陣を攻めさせなければならない。

しかし、雨が降りつづいている。これでは、鉄砲の力が半減してしまう。結果、信長の予想よりも、ずっと大きな犠牲を強いられる。

では、一旦、後退して雨が止むまで待つか。

そうなれば長篠城は落ちて、救援にきた信長の信望が失墜する。

なにより、勝頼だ。

この天をおおう雲のように、武田勝頼の策が読めない。

武田軍の背後には、雨で増水した川がある。退路を断たれた状態だ。なぜ、自ら死地に勝頼は身をおくのか。意図がわからない。それほどまでに、信長と決戦したいのだろうか。

ふと、思った。そもそも、勝頼は目の前にいるのか。こちらが伏兵で待ちかまえているように、武田軍も擬兵を駆使しているのでは……。

総大将の勝頼が、背水の陣という死地にいるのはありえない。あるいは、長篠城を囲む鳶《とび》ノ巣《す》山《やま》砦にまだいるのではないか。信長の前に背水の陣の武田軍をおき、防壁と化させる。そのあいだに、大将の勝頼自らが長篠城を落とす。

勝頼が鳶ノ巣山砦にいることに賭けて、勝負にでるべきかもしれない。

ひとつたしかなのは、これ以上の長陣は信長にとっては不利益しか生まないことだ。

信長の決断は速かった。

「別働隊に、鳶ノ巣山砦を攻めさせる」

煙る雨の視界のなか、密かに一軍を迂回させ、奇襲を敢行するのだ。

「徳川殿よ、二千の兵をさけるか」

近習たちが一斉に横をみる。陣羽織をきた徳川家康が無表情で座していた。

「承《うけたまわ》って候」

徳川勢から二千の兵をさくのは容易ではないはずだが、顔色を変えることなく即答した。

「こちらからは、兵二千と鉄砲五百をだす。金森にひきいさせよう」

近習たちがどよめいた。

二千の人数はともかく、五百の鉄砲は多すぎると思ったのだろう。

雨中の射撃は心許ないが、一発目は間違いなく武田陣に射ちこめるはずだ。迂回して山道を進み、勝頼がいるはずの鳶ノ巣山砦に密かに近づき、至近距離から五百の鉄砲を放つ。そして、混乱する勝頼を長篠城の味方とともに挟撃する。これが、信長の策だった。

五

眠りながらにして、信長は覚醒していた。夢のなかで、明日の決戦について思いをはせる。別働隊の徳川勢がどのあたりを行軍し、何刻後に長篠城救援の戦いをはじめるかを冷静に計算していた。

夢のなかの信長の思考が乱れる。

足音を、信長の耳が拾ったのだ。ゆっくりとまぶたをあげる。薄暗い屋根の骨組みが見えた。城や屋敷とちがい、天井板がないのは、ここが設楽原の陣中だからだ。夜具から上半身をおこす。夜着は身につけていない。袖口をしぼり足元は脛巾《はばき》で固めた鎧直垂姿で寝ていた。戦場ですぐに鎧を身につけられる姿で床にはいるのは、若いころからの習慣だ。十万の軍をひきいる立場になっても、それは変わらない。

「いかがされました」

不寝《ねず》の番の近習が鎧を鳴らして近づいてきた。

「使番がきたようだ。灯りをつけよ」

不審そうな顔をしたが、近習は指示どおりに燭台に火を灯す。ぼんやりと闇がうすまった。

窓の外を見ると、雨がまだしのついている。霧もでているようだ。

やがて、足音は近習たちの耳にも届くほど大きくなった。襖《ふすま》が開き、使番が姿をあらわす。

「武田に動きがありました。陣中の兵たちが甲冑をつけ、槍を手にしているようです。すべての鉄砲の火縄に火が灯されています」

湿った風が吹きこんできて、燭台の火が苦しげにもだえる。

「さらに、忍びの報せによると、勝頼と思しき人影もあったそうです」

近習の何人かがうめき声をあげた。

鳶ノ巣山砦に勝頼がいると読んだが、ちがった。

よりにもよって、貴重な兵と鉄砲をさいたことになる。

「どうやら、勝頼めに謀《はか》られたようだな」

窓の外に流れる靄《もや》を見つつ、信長はいう。

「全軍に戦支度をさせろ。すぐにだ。夜明けとともに、武田軍が攻めよせてくるはずだ」

「ははっ」

はりのある声とともに、近習たちが一斉にちった。入れかわるようにして、身辺警護の旗本たちがやってくる。もってきた鎧を、信長は素早く身につけた。

この雨では、鉄砲と馬防柵は用をなさない。兵数はこちらが有利だが、作戦を読みきった武田軍の勢いはそれを上回る。こちらの利は、伏兵だけだ。

織田軍と武田軍は背負うものがちがう。勝っても損害が大きければ、織田軍は負けに等しい。今後の天下布武のためにも、損害は限りなく小さくする必要がある。

一方の勝頼はちがう。信長に勝ったという名声は、どんな大きな犠牲をも凌駕する。

苦しい戦いになるのは間違いない。

甲冑をきた信長は足早に歩き、小屋をでた。湿った地を踏みしめ進む。

「うん」と、つぶやいた。

顔をあげる。

頬を打つ水滴が、まばらになっていくではないか。

雲が割れていた。

星々が瞬く夜空がのぞいている。

「まさか、雨が止むのか」

後ろに従っていた旗本たちが声をあげた。

見えぬ手でこじ開けられるように、雲が左右に引きはがされようとしている。

煌々とした灯りをまきちらす月も、姿をあらわした。

信長たちの足元に、影がくっきりと映る。

もう、顔を打つ雨はない。

乾いた風さえも吹きぬけた。

「雨があがったぞォ」

旗本たちだけでなく、周囲にいた武者や足軽、雑兵たちも快哉を叫んだ。

六

設楽原の地に、武田軍の骸《むくろ》が折りふしていた。穴だらけの甲冑からは、焼けた肉の薫りがただよっている。射ちこんだ鉛玉がまだ熱をもち、屍肉《しにく》を燻《くすぶ》らせているのだ。

風林火山や武田菱の旗指物も、あちこちに散らばっていた。

前後左右から、勝鬨《かちどき》が聞こえてきた。

ひときわ大きな声は、三つ葉葵の旗を背におった徳川家の武者たちだ。無理もない。長年、武田家の脅威にさらされつづけたのだ。三年前の三方ヶ原《みかたがはら》での惨敗はまだ信長の記憶にも新しい。

家康が、徳川家の諸将を引きつれて近づいてくるのが見えた。合戦では武田軍最強の山県勢の攻撃をまっさきにうけたせいか、家康はじめみなの甲冑は傷だらけだ。

「徳川殿、ご苦労だったな」

信長の声に、家康はぴたりと足を止めた。

「やりましたな。とうとう武田を倒しましたぞ」

家康の祝いの言葉は、どこか芝居じみていた。本当の感情のありかが信長でも窺いしれない。その一方で、背後にいる徳川の侍大将たちは誇らしげだ。

「この機を逃さず、武田を討つべきです。勝頼めにとどめを刺しましょう」

こちらの被害はすくない。余勢をかって、武田の領地を侵略するまたとない好機だ。

かつて、信長は桶狭間で今川義元を討ったとき、あえて軍を今川領のある東へ進めなかった。それは京を目指すためだったが、今にして思えば今川領を完全に併呑《へいどん》する力がなかったことを、信長の本能が察していたのかもしれない。だが、今はちがう。信長とその麾下《きか》の軍団は精強だ。なんなく武田家を滅ぼすことができる。

しかし、心配ごともあった。越前や大坂、中国地方の状況が予断を許さない。

「命拾いしたな」

「え」と、家康がききかえす。

「なんでもない。武田攻めだが、我ら織田はこれ以上深追いはしない」

「それは……勝頼めを警戒しておられるのですか」

怪訝そうにたずねる家康に、信長は嘲笑で応えた。長篠設楽原の合戦で、勝頼の手並みはわかった。信玄と比べれば、恐るべき敵ではない。

だが、ここで武田領に攻めこんで、万が一手こずれば四囲の敵が息を吹きかえす。博打《ばくち》をうつ必要はない。宿将を喪《うしな》った勝頼など、いつでも息の根をとめられる。

「いずれ勝頼めは、自滅する。それよりも今、警戒すべきは越前や大坂、中国だ」

一向宗が支配、あるいは一向宗と関係の深い土地だ。昨年の天正二年（一五七四）に長島一向一揆を根切りにしたとはいえ、未だ油断はできない。

家康の目がぎらりと光った。貪欲な狼のような眼光だった。

おやと思い、顔をむけたときにはいつもの無表情に変わっている。

「では武田攻めは、この家康めに一任してもらえますか」

「好きにされよ」

家康とその背後の将が、一斉にこうべを垂れた。そしてきびすを返し、拳を天に突きあげる。

「今より、徳川の戦がはじまる。遠江《とおとうみ》、駿河から、武田の下郎どもを追いだすのじゃ。いや、それだけではない。勝頼のいる甲斐をも落とす」

徳川の軍勢から、どっと鬨《とき》の声があがった。

今の勝頼に、徳川の鋭鋒を防ぐ力はない。きっと多くの版図を失うだろう。

あるいは、家康の言葉通り本拠地の甲斐さえも蹂躙《じゅうりん》されるかもしれない。

ならば――

信長は身をひるがえした。近習、諸将たちが跪《ひざまず》いている。

「首実検と論功行賞が終わり次第、岐阜城へ帰る。次は越前の一向衆どもを討つ。今このときから、次の戦いに備えよ」

七

長篠設楽原でしみついた銃煙の臭いは、越前の一向衆を駆逐してもまだかすかに残っていた。

今、信長は岐阜城にいる。武田を破り勢いにのる織田軍は、越前攻略をひと月とかからずに成しとげたのだ。そんな信長のご機嫌をうかがいに、京の公家や畿内の商人たちが使者をひっきりなしに送ってくる。

「越前平定、おめでとうございます」

信長の前にならんだ使者たちが深々と頭をさげた。彼らの前には、漆塗りの台におかれた祝いの品々がある。ならべられた宝物に一瞥《いちべつ》をくれると、あとは後ろへと下げさせた。

使者たちと入れかわるようにやってきたのは、奉行衆だ。

「岐阜城にかわる次の城ですが、やはり近江国の安土が適地かと」

大きな絵地図を信長の前に広げる。東の武田家と北の越前一向衆の脅威は去った。

ならば、大坂攻めや中国攻めを本格化できる。迅速に動くためには、西へ本拠地を移さねばならない。

「年が明ければ、安土の縄張りを開始しろ」

「はは」と、奉行たちが頭を下げた。彼らが退出するのを待たずに、小姓たちが近づいてくる。

「徳川様のご使者が参りました。急ぎの報せとか」

小姓の声には、幾分緊張の色が含まれていた。

徳川家康は長篠設楽原の合戦後、十日とたたずに武田領へ侵攻した。遠江国の二《ふた》俣《また》城を囲み、その端城を次々と落とす。いずれ東海一の堅城と名高い高天神《たかてんじん》城も攻略できるだろう。

次の来客は待たせて、家康の使者を引見する。無骨な顔をした三河武士は、硬い所作で平伏した。

「遠路、ご苦労。徳川殿の活躍は、この耳にもはいっている。たしか、先日は小山城を囲ったと言っていたか」

小山城は、高天神城への兵站《へいたん》をつかさどる城だ。これが落ちれば、高天神城は孤立し、たちまち兵糧が欠乏する。

「実は、武田家が一万三千の後詰を発しました」

ぴくりと、信長のこめかみが蠢《うごめ》いた。

「なにかの間違いではないのか」

苦しげな表情で、使者は顔を左右にふった。長篠設楽原の合戦から、いまだ四カ月もたっていない。にもかかわらず一万以上の軍勢をそろえたというのか。

徳川の使者は、信長に状況を報告する。数千の兵で小山城を囲っていた徳川軍だったが、背後の大井川のむこう岸に突如として一万三千もの武田軍があらわれたという。そして躊躇することなく大井川をこえて、徳川勢を襲おうとした。

「無論、我ら徳川も望むところではありましたが、わが殿は自重して囲みをとき撤退いたしました」

「つまり小山城は落とせなかったのか。では、その奥にある高天神城はどうなった」

「残念ながら。武田勢は、高天神城にはいり兵糧をこめました。しかし、我らは二俣城を包囲しておりますれば、いずれ遠江の城はすべて平らげてみせまする」

信長は脇息《きょうそく》に身をあずけた。

「ふむ」と、唇をなでる。

しばし、黙考した。

「勝頼め、案外やるな」

使者が驚いたようにまぶたをむく。

「一万三千の軍を集めたというが、きっと女子供を多く使った擬兵だろう。とはいえ、徳川殿の目をたばかったのは見事だ。戦を知らぬ女子供を束ねるのは、大人の男どもをひきいるよりも難しいゆえな」

あるいは、長篠設楽原の合戦の後に武田領へと問答無用で攻めこむべきだったか。

そんな後悔がにじんでいることに、信長自身がすこし驚いていた。

八

武田家に手を出せぬまま、時は過ぎていく。織田家の版図は、順調に大きくなっていった。

岐阜から近江国の安土に城を移し、大坂本願寺との死闘も昨年の天正八年（一五八〇）にけりがついた。栄華を極めた大坂の城や町が焼けたのは痛恨だったが、かわりに信長が得たものもある。

それは、恐怖だ。

瓦礫から拾った石くれを、己の分身として崇めさせることを決めた。

そして、今、信長は安土城の中腹に、分身である石――盆山を安置する寺を築こうとしている。仁王門と甲賀から移築した三重塔はすでにできあがっていた。盆山を安置する本堂を建てる土をならしている。

縄が縦横に張りめぐらされ、地面には柱を支える礎石があちこちに埋めこまれている。

森乱が静かに近づいてきた。

「信房様がご到着なさいました。いかがしますか。御殿で面会なさいますか」

すこしだけ、信長は考える。

「いや、ここで会おう。もう、しばらく縄張りを吟味したいゆえな」

言いつつ、信長は自分の体を、本堂ができたときにあるものが安置される場所へと歩む。周りの景色をたしかめるようにして、こうべをめぐらせた。

この場所に盆山を安置する。高さもちょうど、今の信長の目線の位置にするように大工たちには言い含めている。

やがて、森乱に誘《いざな》われてひとりの若者がやってきた。まるで、若き日の自分を見ているかのようだった。信長の前に跪《ひざまず》いた少年は、細面の顔に吊りあがった双眸《そうぼう》の持ち主である。ちがうのは、裃《かみしも》を身につけた正装ということだ。信長が少年のころは、袖なしの帷子《かたびら》に帯がわりの荒縄を腰にまきつけた異装姿でうつけと侮られていた。

「父上」と、少年はうやうやしくいう。だが、二の句がつげずに沈黙が流れた。

少年の名は、織田源三郎信房。信長の五男である。幼いころに、美濃の遠山景任《かげとう》のもとへ養子として送られた。が、今から九年前に、遠山の居城岩村城が武田家に攻め落とされる。虜囚となり甲斐へと送られ、人質としての暮らしを余儀なくされた。

転機が訪れたのは、長篠設楽原の合戦の六年後だ。和睦を画策する勝頼の図らいで、信房は織田家への帰還がかなった。

そんな前歴ゆえに、信長と信房はほとんど面識がない。

「久しぶり、というべきかな。よくぞ、帰ってきたな」

信長が声をかけると、少年は平伏して表情を隠した。

「余のことを覚えているか」

「申し訳ありませぬ。幼少のころに別れておりますれば……。ただ、ご名声は常に耳にはいっておりました」

面を伏せたまま、信房は正直に答える。

「余を、父として見ることはできるか」

「恐れながら、上様は天下人でございます。父とお慕いするのは、恐れ多いことと思っております。遠山景任殿の養子となってからは、ずっとそう考えておりました」

慇懃《いんぎん》な口調だが、どこか信長を突きはなすひびきがあった。

「では、お主にとって父と慕う存在は今はいないのか」

若い信房の体が強張《こわば》る。

「正直にいえ。偽りを口にすることは許さん」

「はい。大膳大夫《だいぜんのだいぶ》勝頼様です。人質にもかかわらず、私を元服させてくださいました。文武のあらゆることを教えていただきました。無論、私が父として勝手にお慕いしているだけではありますが」

「面をあげよ」

命令に従い、信房は上半身をもちあげた。

「父と慕ったならば、勝頼のことはよく知っていよう。教えろ。勝頼とはどんな人間なのだ」

信長の目差しが信房とぶつかった。

「なぜ、勝頼様のことを知りたいのですか」

「他国のことを知るのは、領主の務めだ。理由は必要ない」

信房は唇を嚙んだ。

「では、語る前にお願いがあります。ひとつだけ約束してほしくあります」

「武田家を攻めるな、というのであろう」

「ご炯眼《けいがん》、恐れいります。勝頼様から、織田武田の同盟締結の橋渡しをするよう、言いつかっております」

「信房よ、余に約束せよというが、この乱世で口約束や起請文《きしょうもん》のたぐいが守られるとでも思っているのか」

「実の子のたのみでも、ですか」

「お主は、余のことを父とは思っておらぬのだろう」

鋭い双眸をもつ信房の顔がゆがんだ。若きころは、己もこんな苦渋の表情をつくっていたのだろうか、そんなことを考えつつ信長は口を開く。

「父と慕った勝頼のことならば、あらゆることを知っていよう。それを言えぬというなら、織田家への反逆に等しい。信房、お主の命だけの問題ではないぞ。一族縁者にも累がおよぶと考えろ」

ぶるぶると信房の体がふるえだす。

「ち、父上」と、悲愴な声を張りあげた。

「どうする。いうのか」

いつのまにか、信房の目は充血していた。

「あなたは……鬼だ。悪魔だ」

歯をかちかちと鳴らしつつ、信長のことをなじる。

「血をひいたわが子ならばこそ、先ほどの暴言は許そう。だが、二度目はないぞ。一族縁者の命をしかと天秤にかけて、答えろ。勝頼のすべてを教えるな」

がくりと信房はうなだれた。

長篠の合戦後、勝頼はいかにして国を運営し、軍旅を催したか。信長は容赦なく問い、苛烈に答えを求めた。信長が満足する頃には、信房はびっしょりと汗をかいていた。力なく立ち上がり、去っていく。その背中を、本堂の縄張りの中で信長はじっと見つめていた。さきほど、信房から聞いた話を記憶から呼びおこす。

武田家の新しい本拠地・新府《しんぷ》城造営とその町割り、新しい家臣団の編制、外交戦略の数々。同盟していた上杉謙信の死去という不幸が結果的に北条家との合戦にはつながったが、勝頼の打つ手はすべて最善手だ。特に新府の町割りの構想は、見事という他ない。武田信玄は金山頼みの財政戦略しかもたなかったが、勝頼はちがう。自ら金の流れを生もうとしている。そして、北条徳川という強敵と戦いつつ、版図を広げている。

これ以上捨てておけば、以前の何倍も巨大になって信長の前に立ちはだかるだろう。

九

石を背負った人々が、信長の前に長い長い行列をつくっていた。重そうな足取りで、よろよろと歩いている。ある場所までくると、人々は石をおろし、積みあげていく。

信長の前で、石の山は徐々に大きくなっていく。山は屋敷ほどの高さになり、矢倉の高さを超え、小高い丘になり、とうとう山の頂きさえも凌駕した。

それでも、人々は石を積むのをやめない。時折、石が転げ落ちるが、なお積みあげる。

石の山は、上へいくほど細くなっていく。先端を槍のように尖らせつつ、頂きは上昇していく。

空には蓋をするように黒雲があり、はるか地平の先までつづいていた。築かれる山の頂きが目指すのは、黒雲の一点だ。

青白い光が、しきりにまたたいている。

雷だ。

石の山は、とうとう雷雲にふれるところまで積みあげられた。あとひとつ、拳ほどの大きさの石をおけば、雷雲にいたる。

どうしたことか、人々はそれ以上積みあげようとはしない。

石をもったまま逡巡している。

これ以上の高みにいたるのを、拒んでいるのか。

「何をしているのだ」

信長は駆けだした。

人々が積んだ石の山を登る。途中何度も石が崩れ、信長の体を傷つけたが、かまわずに進んだ。石のなかに髑髏《どくろ》が混ざっているのに気づいたが、無論、足は止めなかった。

やがて頂上へといたる。

人々は、石を背に負うことをやめていた。両膝をついて、雷雲にひれ伏している。

「なぜ、積みあげぬのだ」

誰も答えない。

「ならば、己がやるのみだ」

信長は足元の石をつかむ。

目の前にかざした。

灰色の石の表面に、赤茶けた紋様がはいっている。大小の葉が集まるようなそれは、生きた蝶にも見えた。

これは――

盆山ではないか。二年前に大坂本願寺を下したとき、その焼け跡で拾ったものだ。信長は、この石をつかみ宣言した。

――己は神になる、と。

そして、この石を己と思い、神として崇めさせろ、と命じた。

信長の分身が、どうしてここにあるのか。

いや、これこそが運命ではないのか。

「見ておれ」

槍の穂先のようにとがった頂点は、雷雲のすぐ下をかすめるようにしてある。

盆山をつかんだ腕を、信長は頭上へのばした。雷雲へと近づける。青白い閃光が、迸《ほとばし》っていた。

極小の雷が、球をつくるようにまたたいている。

信長は躊躇なく、その球の中心に盆山と己の腕をめりこませた。

刹那《せつな》、視界が白く灼《や》ける。

いや、ちがう。

視界だけではない。体の外とつながる五根（感覚器）がすべて灼かれる。眼識《げんしき》、耳識《にしき》、鼻識《びしき》、舌識《ぜつしき》、身識《しんしき》、さらには意識までもが。すべての感覚が灼熱の白に灼かれる。

足元の石が崩れ、つづいて膝の骨が砕けた。腰が粉々になり、心臓がぼろぼろと灼かれ骨が灰にかわる。

最後に脳が砂粒と化し、灼熱の白光のなかにとけていく。

信長は、ゆっくりとまぶたをあげた。

心配そうな顔で覗きこむのは、小姓頭の森乱だ。

窓からは、春の日差しが差しこんでいた。天守閣の最上階の間に、信長はいる。

いつのまにか、うたた寝してしまったのか。そういえば、疲れたのですこしだけ目をとじて休むと森乱に言いつけたのを思い出した。

眠るつもりはなかったが、不覚にも夢まで見てしまったようだ。

「ご気分はいかがですか」

「眠ってしまった。油断もいいところだ」

襟に手をやり整えるが、それほど乱れてはいなかった。信長は脇息に手をつき立ちあがった。

「どこへ行かれるのですか」

「わが分身の住まいを見にいく」

森乱はそれだけですべてを察した。

足早に階《きざはし》をおり、天守閣を出る。足元に、摠見寺の堂宇が見えた。仁王像を置いた仁王門に三重塔、そしてできたばかりの本堂は金色の瓦が敷きつめられている。

本堂の前まで来たとき、夢のなかでつかんでいた盆山の感触がありありと残っていることに気づいた。森乱らを入口の前に残し、ひとりはいっていく。扉がしめられると、隙間から差しこむ太陽だけしか光源はなくなる。しばらくすると、ぼんやりと盆山が浮かびあがった。

薄暗い本堂のなかで、己は強いのか、と幾度も問いかけた。完全に日が没し窓の隙間から差しこむ太陽が消えても、自問しつづけた。フクロウやコウモリの鳴き声が、時折聞こえてくる。

「本日ご到着の諸将が、御殿にお集まりです。十日ほど後には、武田攻めのために出立いたしますれば、皆々様にお言葉をかけていただけませぬか」

背後から森乱の声がした。

「わかった、すぐに御殿へいこう」

森乱に誘われて外へとでる。城下にある御殿への道を下っていく。背後からは近習や小姓たちが何人もついてきていた。

「到着した諸将に油断や慢心はないであろうな」

「上様のお言葉はしかと伝えております。しかし、もはや武田家の勢威は過去のもののゆえ、かつてのような悲愴の色はありませぬ」

「考えが甘い。今一度手綱を引きしめろ。もてる力のすべてを、武田攻めにそそぐのだ」

信長の言葉に、森乱以外の者たちの反応は薄い。

「高みに昇るものは、かならずや天から鉄槌をうける」

だが、信長の言葉の真意は理解できなかったようだ。

「たしかに、もはや我らの敵はこの人の世にはおりませぬな」

「もはや、神仏にしか、上様の道を阻むのは不可能」

「いや、神仏でさえ、上様に道をゆずるでしょう」

追従の声を引きはがすために、信長は歩いた。あわてて、近習たちが手燭台で足元を照らす。安土城下にある御殿へといたろうとしたときだ。

信長の足が止まる。

東の夜空が、いまだかつてないほど赤く焼けていた。まるで朝焼けのようだ。いや、それよりもずっと赤い。無論、朝にはまだほど遠い。にもかかわらず、東の空が焼けるように輝いている。

天変地異を目の当たりにし、信長の五体が激しくふるえた。

〝ばべる〟の塔のように、信長は天からの雷をうける。目の前の光景は、その前ぶれだ。神の怒りを凌駕することで、信長はその強さの証を得られる。

——とうとう、己は、自身の強さを証明できる。

歓喜にふるえる両手を天にかざす。

夜空を下から圧するように、赤みが急速に広がっていく。信長が今まで見た、どんな朝焼けや夕焼けよりも美しかった。

十

信長は安土城を背にする平野で、采配を手にしていた。

目の前には、万を超える織田の軍勢が整然とならんでいる。風になびく旗指物、天をつく長槍が壮観だ。いよいよ、信長ひきいる本隊が武田攻めへと出発する。

だが、信長の心は浮きたたなかった。理由は、信長のもとにやってくる早馬の数々である。

報せはすべて、武田軍の敗北に関するものだった。手強いと思っていた武田軍だが、いざ合戦がはじまってみると柱のおれた家屋のようにたやすく崩れた。

信濃一の要害と名高い高遠城も、信長の嫡男信忠の采配で一日ともたずに落ちる。

武田軍がもろくも崩壊したのには、理由があった。先日おこった、東の夜空が赤く焼ける天変地異だ。翌日、信濃国の浅間山が噴火したという報せがやってきた。あの空の色は、火山噴火によるものだったのだ。これにより、武田軍に激しい動揺がはしった。

噴火は武田家壊滅の予兆にちがいないと、人々は噂したのだ。そして、次々と投降者が相次ぐ。

噴火したその日の夜に、飯田城の将兵は逃亡。さらに翌日以降に、松岡、大島、飯島などの城がほとんど抵抗することなく落ちていく。とうとう、勝頼の弟のこもる高遠城も落ちた。

さらに、要衝の杖突峠《つえつきとうげ》を織田軍はやすやすと突破し、高島城も落ちた。

まだ、信長が安土を発ってさえいないというのにだ。

なぜだ――

信長は、空を見上げ問うた。

なぜ、天は信長に鉄槌をくださなかったのだ。

どうして、勝頼に艱難《かんなん》を与えるのか。

口のなかに、苦い汁が満ちる。

——まだ、高みに昇りたりないというのか。

拳が砕けるかと思うほど、握りしめる。

救いは、武田勝頼がまだ健在なことだ。長篠設楽原の合戦後に見せた、采配の数々を思いだす。

——勝頼ならば、かならずや己を苦しませてくれるはずだ。

その勝頼を信長自身の手で倒せば、己の強さのささやかな証になるだろう。

「注進」

怒号のような声が響きわたり、旅塵でよごれた武者が駆け足で近づいてくる。どうやら、嫡男の信忠からの使番のようだ。

「何事だ」

「武田勝頼、新府の城を焼き、姿をくらましたとのことです」

ざわりと諸将がざわめいた。

「それは、いつのことだ」

「はい、二日前でございます」

信長の視界がゆがんだ。

「忍びの報せによりますと、岩殿に武田勝頼はむかっているとのことです。その数は百人に満たぬとか」

ことりと地面に落ちたのは、もっていた信長の采配だった。

異変に気づいた諸将が、こちらを注視する。

「上様、行軍の支度が整いました」

整然とならぶ軍勢のあいだからでてきたのは、森乱だ。

「上様、いかがされたのですか」

森乱は、地に落ちた采配と信長に何度も視線を往復させる。

倒れるようにして、信長は床几《しょうぎ》に腰を落とした。だらりと両腕をたらす。

新府の城は焼け、勝頼は姿をくらました。ひきいる手勢は百人に満たない。もはや、軍勢とはいえない。

「なんたることだ」

つぶやきは、虚しく地面に吸いこまれる。

――己には、強さを証すための敵さえもおらぬのか。

その想いは、信長の体に蛇のようにからみつく。

しばしのあいだ、信長は床几から体を引きはがすことができなかった。

十一

勝頼の首が信長のもとに届けられたのは、それから十日ほど後のことだった。

甲斐国の田野という地に落ち延びていた、百人に満たぬ勝頼一行に滝川一益《かずます》の手勢が襲いかかり、とうとう首をとられたのだ。

届けられた首を検分するために、信長は歩いていた。安土城を発ち、昨日信濃の国にはいったばかりである。結局、信長自身は一戦もすることなく、武田家を滅ぼす戦いは終わった。

切り取るようにして、陣幕が四角く囲んでいるのが見えた。濃い抹香の匂いもただよってくる。

そして、何者かが泣きじゃくる声も聞こえてきた。陣幕をもちあげると、ひとりの少年がうずくまっていた。茶筅《ちゃせん》にゆった髷《まげ》の持ち主は、織田信房である。

涙と鼻水で汚れた顔を、こちらへとむけた。背後には横に長い台があり、三つの首がならんでいる。勝頼たちの首だろうが、髪は嵐にあったかのようにぐちゃぐちゃになっていた。

信長は目を己の息子へと移した。

「信房よ、余が憎いか」

若きころの信長に似た顔がひしゃげた。充血する目が吊りあがる。

信長は刀を躊躇なくぬいて、信房の前の地面に突き刺した。

「憎ければ、余を斬れ。それが戦国の習いだ」

近習や小姓たちが駆けよろうとするのを、一瞥して止める。

ふるえる手で信房は刀を取り、一気に地面から引きぬいた。そして、かまえる。

信長の息子は、躊躇はしなかった。白刃がひらめき、血が吹きこぼれる。

刀がぽとりと落ちた。

「それが、お主の答えか」

冷たい声で、信長は問う。

信房の左手首が、まっ赤に染まっていた。

信房は、自身の手首を斬ったのだ。

肉が見える左腕を突きだす。傷口からは血と泡がとめどなく流れていた。

「いかに憎くても、この体には上様の血が半分流れております」

涙を流しつつ、信房は言葉を絞りだす。

「私には無理です。上様を斬ることはできませぬ」

情よりも、血の方が濃いということか。

小姓たちに両脇をかかえられ、信房は幕の外へと引きずられていった。

ゆっくりと足を進めて、信長は首と対面した。

左から、北条夫人、武田勝頼、最後にその息子の武田信勝。

誰かが摑んだ形のままで、血泥のついた三人の髪の毛が固まっていた。

だが、顔は三人ともいたって穏やかだ。

「う、上様、何をなさるのですか」

背中から、悲鳴のような声が聞こえてきた。

「そうです。首実検にも作法があります」

「軽々しくさわってはなりませぬ。それは下賤の者がやる仕事です」

さらに声が聞こえてくるが、信長は無視した。

信長は、両手で三人の首の髪の乱れをなでていた。掌で血泥をとり、指ですいて乱れをなおし、髪を整える。茶器をあつかうように丁寧に、三人の髪をなでていく。顔についていた汚れも、綺麗にふきとってやった。

仏像のように穏やかな死顔が浮かびあがる。

そして、両手をあわせた。

無論、念仏などは唱えない。

かわりに、こう言い放った。

「勝頼よ、そなたは強かった」

しんと場が静まりかえる。

「信玄よりもずっとだ」

さらに強い言葉でつづける。

「そなたこそは、日ノ本に隠れなき、まことの弓取りだ」

両手を引きはがし、きびすを返した。

戸惑う近習や小姓が、あわてて道をあける。

陣幕の外にでると、新鮮な風が吹きわたっていた。
こうべをめぐらせる。
空の下辺が、灰色に汚れていた。
浅間山の噴煙がくすぶっているのだ。
――天よ、なぜだ。
空にむかって、信長は心中で叫ぶ。
――なぜ、この信長に鉄槌をくださぬ。
無論、返答はない。
ただ浅間山の噴煙がかすかにたゆたうだけだった。

第五章　滅びの旗

一

そんなはずはない、と何度も織田信長は心中で叫んでいた。

広大な熱田神宮の境内の一角に、信長は立ちつくす。

地平を完全に脱した太陽が、うなじを焼いた。二十七歳の青年の目論見をあざ笑うかのようだ。噛みしめる奥歯から、苦い味が染みでる。

目の前にいるのは、千余の馬廻衆《うままわりしゅう》――ではなかった。赤黒の母衣《ほろ》を背負った鎧武者が、たったの五人いるだけだ。その従者たちは粗末な胴丸に身をつつんでいるが、あわせても二百人に満たない。

「なぜだ」

知らず知らずのうちに、信長はつぶやく。どうして、五人しかいない。千余の馬廻衆はどうした。信長出撃の合図とともに、熱田神宮につどう手筈ではなかったのか。そして、今川義元の本陣を急襲する。幾度も段取りを繰りかえし、血のにじむような鍛錬をしたではないか。

五人の鎧武者と従者たちが、一斉に顔を南東にむけた。信長の視界のすみにも、黒く太い線が二本立ちのぼる。丸根鷲津《わしづ》両砦から黒煙が噴きだしていた。とうとう、ふたつの砦が今川軍の手によって落ちたのだ。絶望が目眩《めまい》に変じるのに、それほど時は必要なかった。

ぐるぐると視界が回る。

いや、ちがう。

風景が流転しているのではない。二十七歳の織田信長自身が、木っ端のように回転しているのだ。

そう気づいた刹那《せつな》、信長のまぶたが跳ねあがった。

薄暗い寝所に、信長はいる。

通り雨にでもあったかのように、びっしょりと汗をかいていた。ゆっくりと上体をおこす。手をやって、体や顔のあちこちを検《あらた》める。

古傷をひとつひとつたしかめた。右脇腹の傷は、姉川の合戦で負ったものだ。右肩の傷は、長島一向一揆の鎮圧戦でできたもの。桶狭間《おけはざま》の合戦で、首に負った傷をなでた。

ゆっくりと、記憶がよみがえる。

先年、姉川で浅井朝倉勢を討ち破り、挙兵した大坂本願寺とも矛を交えた。そして、元亀二年（一五七一）九月の今は……そうだ、近江国にいるのだ。

一向宗の城のひとつ金森城《かねがもり》を囲い、その降伏をつい先日許したところだ。

信長はゆっくりと立ちあがった。障子を開けると、部屋の外で不寝《ねず》の番をしていた小姓があわてて平伏する。

金森城の郊外にある寺のひとつに、信長は本陣を張っていた。

「殿、お早いお目覚めでございますな。まだ、明智殿との謁見には余裕がありますが」

そうだった。今日は朝一番に明智光秀とあうのだ。今後、織田家がいかに戦うべきかを決めねばならない。

「顔を洗う。金柑頭《きんかん》（光秀）がおきているようなら、半刻（約一時間）後にここへくるように言え」

「は」と、小姓たちが小気味よい返事をする。ひとりは明智の陣へ、残りの何人かは朝の支度のために走る。頬からのびる無精髭をなでつつ、信長は考えた。

――己は、あの桶狭間のころからどのくらい強くなったのだろうか。

十一年前の永禄三年（一五六〇）の桶狭間の折、先駆けた信長に対して、たったの五騎の馬廻衆がついてきただけだ。それ以外は、信長とともに死ぬのを躊躇《ためら》った。一方、討ち死にした義元のために、多くの今川方の大将が死んでいった。その姿は、勇敢そのものだった。あのころと比べ、織田家の版図は十倍以上になった。多くの軍勢をひきい、天下に敵はいない。もし今、桶狭間のような絶体絶命の危機に陥ればどうなるだろうか。一体、何人の士が、ともに戦い死んでくれるだろうか。

小姓が、盥《たらい》や鏡をもってきた。冷水を顔に浴びせ、素早く手巾でふく。鏡をもった小姓が前にきて、信長の顔を映す。もうひとりの小姓が、剃刀《かみそり》を信長の顔にあてた。

信長は、鏡のなかの己を見る。当たり前だが、若いころとは顔つきが変わっている。細面は相変わらずだが、頬やあごの骨の形が浮かびあがっていた。目元と眉間には、深いしわが幾本も刻まれている。

顔の造形が昔と変わってしまったように、己の強さもあのころとは変貌しているはずだ。

髭をそりおわり、小袖と袴に身を包んだ。謁見のための本堂の客間へいたると、しばらくもしないうちに明智十兵衛光秀がやってきた。

禿《は》げた金柑のような頭は、信長より六つ上の四十四歳にしてはすこし老けた印象を与える。細身の信長とちがい、肉付きはいい方かもしれない。貴族のような穏やかな表情をしている。陣羽織をきる今も歴戦の武者というより、絵巻物の一幕を貴族が演じているかのような浮世離れした感がある。

が、優男の外見とは裏腹に、恐ろしい武略の持ち主であることを、もはや疑う織田家の人間はいない。将軍家家臣でありながら織田家の禄も食《は》む、明智十兵衛光秀である。若きころは零落した身だったというが、三年前の上洛戦以後は八面六臂《ろっぴ》の大活躍で、信長にとってはなくてはならぬ部将にまで成長していた。

囲む金森の城を見つつ、信長は問う。

「城はじきに落ちる。次の一手だが、光秀よ、お主の考えをきかせい」

金森城が落ちれば、琵琶湖東岸の京への道がほぼ開かれる。残る障壁はむこう岸の坂本を見下ろす比叡山延暦寺である。信長は比叡山にいかに対処するかを尋ねたのだ。

「叡山を攻めるべきかと」

朝餉《あさげ》の内容を決めるかのような声だった。光秀の口調は穏やかだったが、孵化《ふか》寸前の卵に亀裂をいれるかのごとく、心地よく信長の頭に何かを刻みつけた。

信長は今一度、明智光秀の言葉を反芻する。

『叡山を攻めるべきかと』

またしても、小さいが心地よい衝撃があった。

「叡山の悪僧どもは、仏法を修めるどころか商いに励み、武器と財をたくわえ、大名同士の争いにまで介入いたしました。であるならば、攻めたてられ、根切りにされたとて文句はいえますまい」

聖域である比叡山を攻めろという、光秀の言葉に迷いは一切ない。

大坂本願寺や長島一向一揆に矛をむけるのとは訳がちがう。大坂や長島の地の本願寺勢は、いくつもの砦や城に守られている。が、比叡山にはない。ただ古くからの聖地という、諸侯や武者たちの絶対不可侵の思いこみを最大の防壁としているだけだ。その比叡山を攻めるということは――。

「だが叡山におるのは悪僧ばかりではなく、弱き民も多くおる。その者らも根切りにせよと申すか」

貴族のような顔相の光秀の両目が、ぎらりと光った。

「お戯《たわむ》れを。民が弱いなどと、本気で思われますか」

またしても、衝撃があった。卵殻の欠片《かけら》が、パラパラと落ちていく錯覚に襲われる。

なぜ己は、光秀の言葉に衝撃をうけているのだろうか。たしかに光秀の才能はずばぬけている。将軍足利義昭の使者として、はじめて光秀とあったときのことを思いだす。まるで信長の心を映すかのように、上洛の構想を光秀は語ってみせた。だけでなく、上洛後の見通しも的確に説いた。

指図を与えれば、信長の期待以上の働きをみせる家臣は多い。柴田勝家や木下藤吉郎らがそうだ。が、信長の思考に追いつき、献策までする者は、未だかつていなかった。過去の、岩室長門守をのぞいてだ。

だが、やっと例外があらわれた。

比叡山を攻める――より具体的にいえば、焼くことは、信長も案の内だ。何カ月か前に、森可成《よしなり》の妻の妙向尼《みょうこうに》や沢彦《たくげん》和尚と会見し、仏教や一向宗への知見を深めた結果、密かに己のなかだけで覚悟を固めていた。

が、その思索を人にわかりやすく説くことはできない。己のなかで腐敗した聖地を焼くことは欠くべからざる行いで、信長も正しい道と信じている。しかし、その心を理か弁で他者に説明することは難しいと感じていた。

だが、目の前の光秀はちがう。

驚きは、それだけではない。信長が何より衝撃をうけたのは、「民は弱くない」という光秀の言葉だ。それは信長のなかで曖昧模糊としていた思考のひとつに、言葉という明確な輪郭を与えてくれた。

信長は、心中で密かに嘆息をつく。

「言うことは、もっともだ。では、比叡山攻めの役は誰に――」

信長は口をつぐんだ。光秀の爛々と光る両目に、射すくめられたからだ。比叡山攻めの大役を引きうけると光秀の目が言っている。無論、これは光秀が単独で行えることではない。織田の諸将をあげてのものだ。が、それでも不公平はでる。もち場によっては、より多く焼き、よりたくさん殺さねばならない。要は、光秀はもっとも過酷なもち場——汚れ役を引きうけると言っている。

「いいのか」とだけ、信長は問うた。

返事のかわりに、光秀はただ眼光を強める。

そして光秀は、その大役を誰よりも苛烈にこなしてみせた。

情け容赦なく僧を斬り殺し、堂宇に火を放つ。命乞いする女子供は、まるで虫でも踏みつぶすように躊躇なく息の根を止めた。その凄惨さは、戦い慣れた織田の諸将でさえ思わず目を背けるほどだった。

だが、信長は、光秀の働きに満足を覚えた。もし己が光秀であれば、同様の働きをしたはずだ。それに比べると、他の諸将は手ぬるいとさえ感じた。

まだ熱がくすぶる比叡山の焼け跡を歩きつつ、信長はひとり静かに考える。

光秀は、他の者とは何かがちがう。柴田勝家にも佐久間信盛にも木下藤吉郎にも徳川家康にもないものを、光秀はもっている。何より、あの苛烈さは誰かに似ている。

すぐに答えがでた。

信長自身だ。

あるいは、光秀を観察し彼を鏡とすることで、信長は己の強さを推し量れるかもしれない。

二

あの時とよく似ている――

信長は乗る馬を激しく責めながら、そう思っていた。背後を見ると、ついてきている騎影はまばらだ。すこし離れて三騎、もっと離れて二騎、その奥は砂塵でよく見えないが五、六騎ほどはいるか。あとはわからない。

「上様、これでは味方が追いつけませぬ。馬足を落としてくだされ」

返事は、馬の尻にいれた鞭の一打だ。さらに信長の馬が足を速める。

織田信長が目指すのは、摂津国大坂の戦場だ。大坂本願寺に味方の軍が敗れたと報せがあったのが、昨日のこと。総大将の原田直政が討ち死にする大惨敗だ。残された明智光秀らの味方がこもる天王寺砦は、凶悪な一向衆徒たちに囲まれ絶体絶命だという。

天王寺砦を救うために、信長は馬を駆っていた。

十六年前の桶狭間の合戦と同じだ。口のなかにはいった砂の味を噛みしめつつ、信長は思う。あのとき、出撃を命じた信長についてきたのは、わずか五騎の馬廻衆だった。自分は強い——そう信じていた信長の拠り所が木っ端微塵に砕かれた。だが、もうあのころの信長ではない。はたして、どれほどの味方が馳せ参じてくれるのか。

これは、己の命を賭した答えあわせだ。もし、家臣たちが信長の強さを信頼してくれていれば、万をはるかに超す軍勢が集まる。だが、もし味方が信長の強さに疑いをもっていれば……。信長は一万五千の本願寺勢によってたちまち包囲される。

ふたたび、馬の尻に鞭をいれた。無論、命を賭して急ぐ理由はそれだけではない。

天王寺砦には、あの男がいる。

明智光秀だ。

誰よりも己の考えを読み取ることができる異才、民は弱くないと言い切る炯眼《けいがん》、女子供さえなで斬りにする非情さ、そして己以上の苛烈な働きぶり。

信長が自身の強さを映す鏡と、密かに目した男。

いや、奴はただの鏡ではないかもしれない。

そう思ったのは一年前の天正三年（一五七五）、長篠設楽原《したらがはら》の合戦のことだ。伏兵の大将のひとり光秀に、信長は旗指物を焼けと命じた。民をあれほど容赦なく殺せる男ならば、自身の旗など何ほどのこともないだろうと思ったのだ。しかし、案に相違し、光秀は躊躇《ちゅうちょ》した。だけでなく、命令を拒否さえもした。結果的には信長の意には従ったが、予想もしなかった光秀の行動だった。

光秀と信長は似ているが、決定的にちがうところがある。

それは恐怖を知っているか、否かだ。

光秀は、旗を焼くことに恐怖を覚えていた。だから、躊躇し拒否したのだ。

土岐《とき》の旗を焼くことを、光秀が怖れたのはなぜか。それはわからない。あるいは、光秀自身も己の心の動きを正確には説明できないかもしれない。ただ、信長に似る男は、恐怖を知るがゆえに、本物の強さに対し信長よりも近いところに位置している。何歩かはわからないが、信長よりも間違いなく先んじている。

そして、今その光秀が、窮地にある。この苦難は間違いなく、光秀の強さを変質させるはずだ。かつて信長が、桶狭間を経験し変わったように。

己とちがい恐怖を知る光秀の強さは、どう変わるのだろうか。

それを知るためにも、天王寺砦にいる光秀を見殺しにするわけにはいかない。

三

摂津国の若江の砦につどう武者たちを、信長は矢倉の上から見ていた。京から馬を飛ばして到着した直後、信長についてきたのは約百騎の武者だった。この数が多いと見るか、すくないと見るか。信長にはすぐに判断がつかなかった。桶狭間の五騎よりははるかに多いが、それは版図が十倍以上に拡大した結果であり、信長自身が成長したからではないのかもしれない。たしかなのは、一万五千の本願寺勢と戦うには遠くおよばないということだ。

さらに軍勢の集結を待つこと二日、眼下には三千の武者たちがつどうようになった。

信長が満足する数には程遠い。何より、京を発つ前に陣触れを発している。畿内で信長に味方する諸侯全員が動けば、今ここに一万の兵がいてもおかしくない。

「ぬるいわ。日和見《ひよりみ》するぐらいならば、なぜ敵に身を投じぬ」

まだこぬ味方にむかって、信長は吐き捨てた。

ふたたび足下の三千人に目をやる。猛《たけ》っている者はごくわずかだ。ほとんどが、何事かを不安そうにささやきあっている。みな、この窮地をどうやりすごすかを思案しているのだ。信長のために死ぬ覚悟のある者は、ごくわずかである。

矢倉の柵を両手でつかみ、体をあずけた。

二十七歳のころから、己は何も成長していない。指が痛くなるほどに、強くにぎった。あのころとちがうのは、信長が絶望していないことだ。沢彦和尚が教えてくれたように、心を六番目の根（感覚器）として、自分の落胆を受けとめれば、かつてのように立ちつくすことはない。

眼下から目を引きはがし、前をむく。斑模様《まだら》のように湿原混じりの大地が広がり、その先の高台の砦――天王寺砦もうっすらと見える。森を思わせる一万五千の本願寺勢に囲まれ、射込まれる火矢や火縄銃のおかげでそこだけが灰色の空気につつまれていた。本願寺勢は来援した信長の手勢が三千と寡兵なのをいいことに、一気呵成に天王寺の砦を落とさんとしている。そうなれば、信長は眼前にいながらも味方を見捨てたことになる。その声威は地に落ちる。

握っていた柵をはなし、矢倉の階《きざはし》を一気に下りた。三千の武者たちの顔が、一斉に信長にむく。みなが、下知を待っていた。が、目差《まなざ》しがぬるい。ほとんどが退却すると思いこんでいる。

「城をでて攻める。馬をひけ」

武者たちから、どよめきがあがった。いくつかには、悲鳴のようなものも混じっている。

「天王寺砦を失えば、摂津の国は一向衆どもの坊主の色に染まる。なれば、畿内の安寧もゆらぐ。これは畿内を――天下を失わぬための戦いだ」

そう叫ぶや否や、信長は小姓がひいてきた馬に飛びのった。

敵の銃弾が降りそそぐなか、必死に戦っているのはごくわずかな味方ばかりだった。

「戦え、前へでろ。命を惜しめば死と心得よ」

叫ぶ信長にも、銃弾がいくつもかすする。

「う、上様」

「どうして、ここに」

敵の攻撃を身を低くしてやりすごしていた佐久間信盛の手勢たちが驚く。

天王寺砦を救うために、信長は攻撃を開始した。先陣は佐久間信盛や松永久秀ら、第二陣は滝川一益《かずます》、羽柴秀吉、丹羽長秀ら、そして第三陣には信長がひきいる馬廻衆。手勢の数こそはすくないが、先陣から第三陣まで、みな、歴戦の侍大将がひきいている。が、五倍の本願寺勢もまた精強だ。事実、織田勢は天王寺砦の味方を救うどころか、逆に包囲されようとしていた。それも、先手の動きが鈍いからだ。誰も本気で戦おうとしていない。

腑甲斐ない戦いに業を煮やした信長は、本陣からわずかな旗本たちを従えて前線へと姿をあらわしたのだ。

「腑抜けどもが。それでも武士か」

信長が尻込みする兵たちを追い越して、馬を前へと進めた。

「くそう、我らもいくぞ」

「上様を先にいかせるな」

身を潜めていた佐久間勢が、次々と立ちあがる。そして、信長と一緒になって敵へと突っこんでいく。銃弾をうけて何人もが倒れたが、敵の一角に喰らいついた。

それをたしかめた信長は馬の鞍から腰をあげて、鐙《あぶみ》を操って馬首を反転させる。目を前後左右にやると、あちこちで味方の軍が苦戦していた。

「次は、松永めの陣に活をいれる」

信長と旗本たちは足をとられる湿原を迂回しつつ、時に敵と戦いながら松永久秀の陣へと駆けこむ。

「退くな。武器を取り、前へでろ」

あえて松永勢を蹴散らすようにして馬をいれたのは、半ば味方が後退していたからだ。逃げの味を知った兵は、容易には勇者にもどらない。横面を殴るぐらいのことが必要だ。

「松永勢の鉄砲衆、我につづけ」

二十人ほどの鉄砲放ちの衆がいたので、怒鳴りつける。そのなかで一番臆病そうな兵の顔面に鞭をくれ、問答無用で火縄銃を奪いとった。鞍から腰を浮かし、鐙を踏み銃をかまえる。躊躇なく敵へむけて引金をひく。数十歩ほど先にいた本願寺の僧兵が、額から血しぶきをあげ昏倒した。

「仏罰など恐れるな。奴らも人だ」

煙をくゆらせる火縄銃を前につきつけた。

「敵との間合いを二十歩までつめろ。そして射て。それまでは、歯を食いしばって耐えろ。つづけ」

信長の馬が馬蹄を轟かせた。すぐに松永勢の鉄砲放ちの衆もつづく。

怒号、喚声、悲鳴、銃声、断末魔。戦場はあらゆる音に満ちている。そんななか、信長の耳が一発の銃声を拾った。すぐそばで発されたかのように明瞭な音だった。線をひき、こちらへとむかってくる鉛玉が見える。なぜ、目で弾が追えるのか。まるで、時がゆっくりと流れるかのようだ。

当たる――そう悟った瞬間、右太腿に熱いものがめりこむ。口がこじ開けられ、苦悶の声がこぼれた。落馬しそうになるのを、必死にこらえる。

「上様」

「大丈夫ですか」

旗本たちが一斉に駆けよる。

信長は右脚を見た。鞍の上からだらりと垂れ下がり、鐙も踏んでいない。袴に孔《あな》がうがたれ、そこから血が流れている。

なんとか右脚をもちあげようとすると、太腿から赤い血が大量に噴きだした。腿には激痛が走るが、足先は感覚がない。もっていた鉄砲を捨て、右脚を右手で無理やりにつかんで鐙の上へと乗せた。

「ぬかったわ」

日ノ本の馬術は鞍の上から腰を浮かし、鐙の上に立ち馬を操る。信長は負傷した足をなんとか鐙の上にもどしたが、感覚のない足では鐙を踏めない。

今までは腑甲斐ない味方を見つければ、自身が馬を飛ばし督戦した。そうすることで、今も本願寺の陣をすこしずつだが削りつつある。が、それはもう無理だ。鐙の操作ができない今は、湿地の多いこの戦場を馬で駆けめぐることができない。

ならば――

信長は顔をあげた。厚い敵がひしめくむこうに、天王寺砦の門が見える。

ただ前へいくのみだ。

そのぐらいの命令ならば、今の足でも馬はきっと応えてくれる。

陣触れをだしたというのに、ほとんどの諸将に見限られた。あまつさえ、仏の教えのなんたるかを理解せぬ一向衆の弾丸を浴びさえした。結果、ろくに馬も御せぬ有様である。

それが、今の織田信長だった。

もし、機転をきかせた天王寺砦の明智光秀が門を開けて打ってでなかったら、信長の首は胴体からとっくの昔に離れていただろう。

天王寺砦の一室に運びこまれ、鎧を脱がされ床に横たわった。朦朧として、気を失ってしまいそうだ。床には赤い斑点が線をひくようにしてつづき、信長がどの道で担ぎこまれたかを教えてくれていた。

己の額に手をやれば、火にかけた鍋のように熱い。

この様では、明日、本願寺勢に復讐の一戦を遂げることは叶わない。何より、目眩がひどい。

信長は赤い唾を吐き捨てた。

ふと気づくと、光秀が信長の横にはべっている。信長の血だろうか、光秀の顔や体も赤く汚れていた。そういえば合戦途中に、砦から出撃した光秀の声がはるか遠くにいる信長の耳にも届いた。

『押せ。上様を討たせるな』と、光秀は言っていたか。

『上様の身にもしものことがあれば意味はない』とも叫んでいたか。

なぜか、誰かに似ていると思った。はたして、誰の声に似ていたのか。信長にとって懐かしい誰かだ。

「なぜ、このような無謀な戦を」

光秀に問いかけられて回想から醒めた。

「まだ、そなたを喪《うしな》うわけにはゆかぬ」

偽らざる気持ちだった。が、光秀は口を開けて、呆然とした表情をつくった。感激を演出する芝居かと思ったが、ちがうようだ。次の刹那、あわてて頭を下げる。

なぜか、光秀の耳たぶが赤い。

「ありがたきお言葉。されど、後のことは我らにおまかせを」

やはり、似ている。過去に聞いた、誰かの声に似ている。誰だろうか。が、熱に浮かされた頭ではうまく思いだせない。

「上様のなされるべきは、傷の養生に努めることに候」

言葉の調子から、光秀が明日の決戦の決意を固めていることがわかった。

こたびの苦しい籠城戦を生きぬいた光秀は、比叡山延暦寺を焼いた時よりも苛烈な采配を見せるだろう。光秀はまたひとつ強くなる。あるいは、天王寺砦を囲む本願寺勢さえも蹴ちらすかもしれない。

一方の己はどうか。日ノ本一の版図をもちながら、つどったのは三千騎にすぎない。しかも、そのうちの半数以上は腰がひけていた。だけでなく、悪僧の弾丸によって、戦線離脱さえ余儀なくされた。

もし叶うなら、赤く染まった右の太腿を、刀で斬り落としてしまいたい。

「余は、弱くなったか」

気づけば、そんな問いが信長の口からこぼれ落ちていた。

光秀が息を呑む。

「上様が常人であれば今頃、生きてはおられますまい。これだけの傷をうけてもなお、生きておられる。それは、上様が強き者であられる証左に他なりませぬ」

己の強さを映す鏡に、強き者と評されたが、それで信長の心が満たされるはずもなかった。

四

己の強さに一時とはいえ疑問をもったせいだろうか。信長を裏切る者が、次から次へとあらわれる。

同盟を結んでいた上杉謙信、織田家に臣従していた松永久秀、別所長治《ながはる》、荒木村重らだ。

が、信長は怖いとは思わない。

彼らには野心がないからだ。松永別所荒木らは、信長にとってかわろうとして兵をあげたわけではない。ただ、過酷な働きに音をあげただけだ。狼のように強く壮健でも、野心がない武者などは飼い犬にも劣る。

本当に脅威なのは、野心をもち信長にとってかわろうとする者だ。そんな男が反乱をおこせば、たとえ少数でもきっと信長の心胆を寒からしめるだろう。だが、そんな気配は微塵もない。家臣たちの裏切りを煩わしいと思いこそすれ、信長の覇道を阻むほどの脅威とは感じていなかった。

そうしていくうちに、情勢が激変していく。

上杉謙信は病没し、大坂本願寺も屈服した。強敵と期待した武田勝頼も、呆気《あつけ》なく滅びる。

変化は外だけでなく、信長の内部にもあらわれていた。

恐怖を友にすることができたのだ。

己が神となって、日ノ本だけでなく、この世界のすべてを塗りかえる。

そう決意した瞬間から、常に体のどこかが粟立つようになった。

そのせいだろうか、己の強さを映す鏡と見定めた光秀との関係にも変化がおこっていた。かつては、光秀は信長の考えの先を読むことができた。

だが、いつのころからか、光秀はその頭脳の冴えを見せなくなった。

光秀が無能になったわけではない。高齢ではあるが、織田家の重臣として遺憾なく力を発揮している。ただ、かつて信長を驚かせた閃きを見せることはなくなっていた。

五

「これが富士の山か」

信長の目の前には、広げた傘を地においたかのような山――富士山がそびえていた。山頂には、白銀の雪が美しい冠をつくっている。

武田家追討の兵をあげたのが二カ月前、強敵と予想された武田勝頼だったが先月呆気なく首級となって信長と対面した。合戦の論功行賞も武田領の所領宛行《あてがい》も決まり、従軍していた諸将の家臣や与力には暇をだし、早々に帰国させている。信長は馬廻衆と明智光秀らの諸将をつれて、物見遊山のようにゆるりと安土への帰路についていた。

そして今、信長は日ノ本一の霊山を見上げている。

駿河国の四月の風は、初夏とは思えぬほど冷たかった。事実、毎夜、冬のように冷えこむ。おかげで、織田軍にもすくなくない凍死者がでた。家臣たちの手勢に暇をだしたのは、これ以上寒波の犠牲をださぬためである。幸いだったのは、この異常気象は武田勝頼を討った後におきたことだ。もし、今まだ武田勝頼が健在ならば、思わぬところで足をすくわれたかもしれない。

巡り合わせの不思議さに、思いを馳せざるを得ない。どうして天は、武田勝頼存命中にこの気候を現出させなかったのか。なぜ自らを神と称する信長の軍旅を、死者さえもでた寒波で阻もうとしないのか。

なにより、この富士の山だ。

山頂を化粧している美しい雪は、この異常な気象がもたらしたものだ。土地の者がいうには、初夏の富士山は山肌ばかりが目立つという。今日の富士は、冬の日を思わせる荘厳さだ。

「まことに美しき山容。特に白き冠のごとき姿は、上様を言祝《ことほ》ぐかのようですな」

すぐ後ろにひかえる森乱だった。

「異国にも、これほどまでの山々がありましょうか」

富士山の威容に、森乱は高揚の気を持てあましていた。声もかすかに上ずっている。

当然かもしれない。

信長は、残党掃討などは嫡男の織田信忠にまかせた。そして、滅ぼした武田領に滞在した一月ほどのあいだ、森乱ら数少ない腹心とともに、朝鮮や明《みん》国への派兵計画を練ったのだ。その時に誰を国外へ遠征させ、誰を国内に残すかを決めた。大まかにいえば、信長とその家臣団は遠征軍をひきいる。嫡男の信忠とその家臣団は、国内に残す。

「あるいは、もう二度と富士の山の姿を目にできぬかもしれませんな」

世界は広い。朝鮮、明国、天竺《てんじく》と順番に平らげていくつもりだが、この三国を征討するだけでも途方もないことだ。にもかかわらず、南蛮人が言うにはそれでもまだ世界の半分にもいたらぬという。全生涯をかけた遠征になるだろう。この日ノ本にもどることなど、頭の片隅にもいれてはいけない。

「彼らも薄々とですが、いずれ日ノ本を発つことがわかっているのでしょう。まるで、童《わらべ》のように馬を駆っておりまする」

目をめぐらせれば、小姓や馬廻衆たちが馬を走らせていた。日ノ本一の富士山に、己の勇姿を焼きつけんとしているかのようだ。

「上様、ここ富士の地で何か心残りはおありですか。もしあるようでしたら、それがしと徳川殿とで全力で馳走するつもりです」

信長は頬をなでて黙考した。

あるとすれば、この日ノ本に信長を恐怖させる存在がいなかったことだ。神を目指しこの世界を塗りかえると決意し、恐怖を友にすることができた。が、それは己の内面から湧きでた変化にすぎない。信長の外の誰かによって、もたらされたものではない。

この国内で、誰も信長を恐怖させてくれなかった。それだけが心残りだ。

富士山から目差しを外し、さらに考えこむ。いないならば、創ればいいのではないか。

己を恐怖せしめる誰かを、自分の手で生みだす。

手がないわけではない。といっても、成功は覚束《おぼつか》ない。あまりにも運頼みの策だ。荒唐無稽ともいえるかもしれない。が、座しているだけならば、信長は己を恐怖させる男に永久に出会えない。

「乱よ」

「は」

「茶々を呼べ」

妹のお市と浅井長政のあいだにできた娘だ。今は数えで十六歳の娘に成長し、お市やふたりの妹、そして信長の母の土田御前《どた ごぜん》と一緒に尾張で暮らしている。

「それは……ここ富士の地に茶々様を呼ぶということですか」

信長は首を横にふった。尾張からやってくる茶々を待つのは時間の無駄だ。

「使者をだし、茶々に伝えろ。安土へと発ち、その地で余を待て、と」

六

信長の目の前の十六歳の少女は、背丈はもう大人の男性ほどはあった。腰や肩幅がせまく、横に枝をのばし忘れた樹木を見る思いである。だが、通った鼻筋と細いあごは、信長の妹のお市によく似ていた。何より、切れ長の目は、母の土田御前にそっくりだ。

安土城にもどった信長が最初にしたことは、姪である茶々と書院の一室で面会することだった。

　手を叩き森乱に巻物をもってこさせ、茶々の眼前で広げる。びっしりと、織田の諸将の名前が書き連ねられていた。

　柴田勝家、丹羽長秀、羽柴秀吉、明智光秀らの宿将たち、前田利家や佐々成政、池田恒興《つねおき》ら彼らにつけた歴戦の与力、かと思えば無名の若き侍大将たちも大勢いる。その数は、数百人にもおよぼうか。巻物を部屋のすみからすみまで広げて、やっと全貌を見渡すことができた。

「上様、これは何でございましょうか」

　かすかに眉間を曇らせる仕草が、母の土田御前によく似ている。

「余はいずれ、異国に打ってでる」

　ぴくりと、茶々の耳たぶが動いた。

「この巻物に書いているのは、その時の陣容だ。連れていく侍大将たちの名前である。余が選りすぐった武者のなかの武者たちだ」

　茶々は細く長い指を、将たちの名をなぞるようにして動かした。よく見れば、第一陣や第二陣、先鋒などの文字も読めるはずだ。

「随分と気の早いことでございますね。まだ、日ノ本の敵を平らげておられぬというのに」

「百手先を見すえねば、至近の一手は打てん。これは十年後に唐入《から》りすると見越して、今いる侍大将のなかから選抜したものだ」

そしてこの巻物の人選ありきで、武田の領地を諸将に宛行った。いずれ遠征に連れていく諸将の所領を、信長は九州中国四国に移すつもりだ。ならば東国の武田領は、遠征に連れていかない諸将に宛行ったほうがよい。こうして、日ノ本に残す嫡男の織田信忠やそれを補佐する森長可《ながよし》、関東鎮撫を命じた滝川一益らが大領を得た。一方、光秀らも武田征討に加わり功があったが、あえて領地は加増していない。将来の渡海を見越してのことだ。

「さて、茶々よ、お主も十六となった。あと数年も待たずに、輿《こし》入れもしよう」

茶々の瞳に鋭利な光が付加された。

「もし、そなたがこのなかから選ぶとしたら、誰のもとに嫁ぎたい」

「お戯れを」

茶々は怒りを隠さなかった。いや、殺気とでもいうべきか。この娘は、父の浅井長政を殺されたことを忘れていない。

「戯れてなどおらぬ。お主はわが姪だ。重要な血族のひとりである。だからこそ、強き男の命を宿し、わしを超える子を産んでほしい」

茶々の吊りあがった双眸《そうぼう》を彩る光は、敵意だ。それも尋常なものではない。復讐の心を、その細身の体で育みつづけた結果だろう。

「上様、わたしは織田の血族であると同時に浅井の血族のひとりです」

なんと、甘美な覚悟であることか。十六歳の少女の背負う業に、信長は言い知れぬ満足を覚えた。

「それでもよろしいのですね。浅井の娘である私に、婿を選ばせるのですね」

信長はうなずいて、無言で茶々を促す。

茶々は立ちあがり、巻物の端から端へとゆっくりと歩いていく。名前をつぶやいているのか、口を動かしつつひとりひとりを検分している。何かに気づいたように、信長を見た。

「ですが、この方たちは朝鮮や明国へわたるのでは」

茶々が婚期を迎えた時、日ノ本にはいないのではないか、と心配しているのだ。

「安心せい。お主が婿と選ぶなら、その男は織田家の副将ともいうべき存在だ。信忠につけて、この日ノ本をともに守らせよう」

つまり、遠征の軍には帯同させない。

また茶々は歩みを再開する。そして、端から端までたしかに目をとおした。

「決まったか」

「はい」

茶々は巻物の半ばほどへもどり、膝をおった。そして、腕を近づける。細い指が、ある人物をさしていた。

――明智日向守光秀

「馬鹿な」と、うめいてしまった。

「あの金柑頭の老人を婿にするだと。正気か」

茶々は無言だ。ただ、信長をじっと凝視している。

「光秀めは五十五だぞ。そなたの歳の孫がいても、おかしくない」

だが、茶々の指は光秀をさしたままぴくりとも動かない。

「本気なのか」

こくりと、茶々はうなずいた。

「なぜだ。存念を申せ」

「明智様は、似ております」

「似ている、だと。誰にだ」

まさか、己にか、と思ったとき、茶々の口端が嘲《あざけ》るようにもちあがった。

「きっと、上様の考えているお方にではありませぬ。まあ、上様が思い浮かばれた方と明智様も、似ているといえば似てはいますが」

「くどい。誰に似ているというのだ」

「桃巌様です」

「とう……がん」

雷のようなものが、信長の頭蓋を走った。

桃巌――信長の父の織田信秀のことだ。

「お祖母様（土田御前）が、おっしゃっておりました。明智様と桃巌様は、よう似ていると。もちろん、顔形のことではありません」

織田の一族は代々細面で、逆に明智光秀は肉付きのよい丸顔だ。

「心の有り様などが、非常によく似ているそうです。神仏を恐れぬ苛烈な働きがまさにそうでしょう。敵の弱きところを、情け容赦なく攻撃するところもそうです。どんな大敵にも怯《ひる》まぬ心などは、瓜ふたつだとか。たしかに桃巌様も明智様も何度か手痛い敗戦を喫しておられますが、決して挫《くじ》けることのない強いお心をもっています。そうそう、桃巌様は和歌や蹴鞠《けまり》もたしなみましたが、明智様も和歌をはじめ深い教養をおもちだとか」

父の信秀は得意の和歌をつかって、尾張今川家の当主に近づき親しくなり、連歌会の時に謀略でもって奇襲したほどだ。その際奪った那古野《なごや》城は、今も織田家にとってなくてはならない城である。

口元を隠すようにして手をやり、考えた。

そうか、そうだったのか。

光秀の苛烈さが、己に似ていると思っていたのは勘違いだった。あれは、己の父の織田信秀にそっくりなのだ。それゆえにこそ――父に似ているからこそ、信長は光秀を自身の強さを映す鏡にしようとしたのかもしれない。

「明智様と上様が似ている――さきほどそう上様は勘違いされたのでしょう。もちろん、それも間違いではありませぬ。明智様が桃巖様に似ているのであれば、その子である上様に似ていてもおかしくはありませぬ」

茶々の言葉は、勝ち誇るかのようだった。

信長は、記憶のなかの父と光秀を幾度も頭のなかで比べた。

「私は、強い女になりたくあります」

信長の思考をさえぎったのは、茶々の言葉だった。

「強いやや子を産みとうございます。この日ノ本……いえ、この世界の誰よりも強いやや子が欲しゅうございます。どんな脅威や敵が襲ってきても、苦もなく撥《は》ねかえせるような強き子が茶々には欲しくあります」

左目に信長への敵意を燃やし、右目には懇願の光を閃かせていた。

「だからこそ、茶々は明智様の子を孕《はら》みとうございます。上様の父上の桃巖様にそっくりな、明智様の種が欲しくあります」

七

「上様、それがしには、お言葉の意味がわかりかねまする。信忠様に日ノ本を託した後、上様は……」

呼びつけた光秀は、無様に狼狽していた。信長は立ちあがり、宣教師から献上された地球儀を手に取る。それを光秀と自分のあいだにおいた。

「海をわたる。朝鮮、明、天竺に南蛮の国々。それらをすべて攻め滅ぼし、この世のすべてを塗りかえ、創りかえる」

信長の言葉に、光秀は恐懼《きょうく》するように体をふるわせた。

茶々と会見してから、一月ほどがたっていた。今、信長のもとに徳川家康一行が訪れ、その歓待の宴が三日ほどつづいている。それが一区切りついたのを見計らい、家康饗応役の光秀を呼びよせたのだ。そして、家康饗応役の解任を告げ、同時に備中国高松城を攻める羽柴秀吉への救援を命じた。

だけでなく、今は海外遠征の企みさえも明かしている。

「どうだ。恐いか、光秀」

父信秀によく似るという男に問いかける。光秀は身を固くしていた。五十五の齢《よわい》を重ねた老体を襲うふるえを、何とか押し殺そうと努めているようだ。信長は、光秀が口を開くのをじっと待った。

「天罰をうけることをお望みであるかのように、それがしには聞こえますする」

「望んでおる」

「なんと……」

声を失った光秀を見て、信長は言い知れぬ気持ちになった。

信長の父の信秀は、四十二歳で亡くなっている。すでに信長は、その年齢を超えた。無論のこと光秀もだ。

——あるいは父が光秀の歳ならば、己が異国を攻めると言えば、同じような反応をしたのだろうか。

そんな愚にもつかぬことを考えた。

信長の胸に、得体の知れぬ感情が湧きあがろうとしている。胃の腑を陽光が温めるかのような——。

信長は密かに動揺した。湧いてくる心持ちは、今まで誰にもむけたことのないものである。

この老将に、信長は手を差しのべたいと思っていた。

膝をおって、顔の高さをあわせ、優しい言葉をかけたいと望んでいる。

「上様」

はっとした。いつのまにか、光秀が地球儀を押しのけて近くまできていた。さきほどまでの動揺は消えて、目をぎらつかせ荒い息さえ吐いていた。

「渡海の儀、しかと承《うけたまわ》りました。この光秀、天と上様の戦にて、家中の誰にも劣らぬ働きをしてみせましょうぞ」

またしても信長は狼狽《うろた》えた。何だ、この感情は。

常ならば、光秀の決意を聞いた己も激しく心を昂《たか》ぶらせただろう。しかし、今日ばかりはちがう。心が昂ぶらない。

ふと見ると、光秀は陶然とした面もちで座していた。心はすでに、海のむこうの異国へとむいているのか。だが、光秀はあまりにも老いている。異国の苦しい征旅に、その心身がもつとはとても思えなかった。

信長は地球儀に目を移し、考えを整理する。今、己を襲うのは感傷というものにちがいない。海外へと飛躍しようとする信長に、老将がその身に鞭打ってついていくと宣言したのだ。その決意に、ありえぬことだが信長の心が揺りうごかされている。だけでなく、今まで酷使しつづけたであろう光秀の心身に寄りそってやりたいとさえ思っていた。

「そなたは連れてはゆかぬ。日ノ本へ残れ」

喜悦にさえむせぼうとしていた光秀の顔から、一瞬にして表情が消えた。信じがたいほど大きな痛みが、信長の胸に走る。

「信忠の与力として、日ノ本の治世を託す。余人にはまかせることのできぬ役目ぞ」

「それがしは、上様とともに……」

「渡海した先に待つは、修羅の道ぞ。異国の地で戦うには、そなたは老いた」

己は何を言っているのだ。光秀を連れていかないのは、茶々の婿とするための布石だ。老いなどは関係ない。茶々を娶《めと》り、己を脅かす男児を育てろ、そう命じるだけでいいのだ。

「戦の場から離れ、日ノ本で信忠を後見しながら、ゆるりと余生を送るがよい」

なのに、口からは光秀を労《いた》わる言葉が次々とでてくる。

「では、渡海には誰を」

さらに光秀が言いつのる。無礼にも近づいてきさえした。光秀の体臭が鼻先をかすめる。老いた男の匂いがした。いつもなら不快に感じるはずなのに、なぜか信長は懐かしいとさえ思ってしまう。

病床の父の姿が、頭をよぎった。

三郎――三郎――と、耳の奥で父の声が木霊《こだま》した。

「くどい」

父の声を引きはがすために、立ちあがる。

「上様、何卒……何卒、ご再考を」

体に光秀の声がまとわりつく。足が動かない。光秀が袴の裾をつかんでいた。足に抱きつこうとしている。

『三郎、なぜわしを見下ろさぬ』

耳にひびく父の声が、一段と大きくなった。

枯れ木のように痩せた父――織田信秀が寝ている。上体はおろか、顔をあげることさえ辛そうだ。今から三十年前の天文二十一年（一五五二）のことである。この三年ほど前から、父の信秀は病床に伏すようになっていた。

『三郎、わしを労わるな。今は乱世ぞ』

　生者よりも死者に近い顔色で、信秀はそう信長を叱りつけた。

『弱き者がいれば、見捨てろ』

　死臭さえ漂わせる父が叫ぶ。

『弱き者がいれば、高みから一瞥《いちべつ》だけをくれてやれ。手など決して差しのべるな。たとえ、父のこのわしでもだ』

　今ならば、わかる。父は信長のことを思って、そう叫んだ。誰よりも織田家の
――信長の行く末を案じていた男だ。

『三郎、わしを踏みにじっていけ。死しても悼む必要などはない。そなたは、乱世の子だ』

　そう言い残して、三月三日に信秀は没した。桃の節句ゆえに、桃巌という法名がつけられ、家中では今もその名で慕われている。

　次によぎったのは、萬松寺《ばんしょうじ》での父の葬儀の場面だ。黒光りする父の位牌を前に、袖なし帷子《かたびら》をきた若き信長がたっている。腰には帯でなく荒縄をきつく締め、そこに無造作に二刀をさしていた。裃《かみしも》をつけた家臣や弟の織田信勝らが恐ろしいものを

見るかのような目で、信長を凝視している。涙にくれる母が、信長を甲高い声でなじった。

罵声を無視して、信長は位牌の前にある抹香へと手をのばした。そして、むんずとつかむ。敵を睨むようにして、位牌を見た。

『やめなさい』

母の叱声《しっせい》が合図だった。信長はあらん限りの力を使って、抹香を父の位牌に投げつけた。一度ではなく、二度三度と。

やりたいと思ってやったのではない。これが、信秀の望む信長の姿だった。理由はそれだけだ。

そして、織田三郎信長は、この瞬間から信秀と土田御前の子ではなくなった。

乱世の申し子として、新しい生を享《う》けたのだ。

「ぐぅあぁ」

聞こえてきた声によって、信長は現《うつつ》に引きもどされた。気づけば、信長は扇を手にして立ちつくしている。光秀が、背中から無様に転げ落ちた。どうやら、信長は扇でもって光秀を打擲《ちょうちゃく》してしまったようだ。

顔を手で押さえ肩で息をする光秀の様子に、また父の信秀の姿が重なる。

「たわけが。日ノ本の安泰なくして、渡海など能《あた》わぬ。そなたは日ノ本にとどまり、わが戦の帰趨《きすう》を見届けよ」

光秀が己に抗おうとするのがわかった。どうすれば、光秀が命令を聞くかわからない。信長は取り乱した。いや、混乱したというべきか。牛馬のように叩けば、逆らわぬはずだと思った。だから、さらに打擲しようとした。だが、無理だった。扇子は鉄でできたかのように重く、頭上にかざすことはおろか、ぴくりとも上へとやることができない。

あわてて、信長はきびすを返す。

そして、足早に光秀のもとから去っていく。まるで逃げるかのように。

そういえば、最後に病床の信秀とあったときも、こんな風にしてその場を後にした。

八

また、あの夢のなかに織田信長はいた。熱田神宮の境内で、ひとりぽつねんと待っている。

いや、五人の馬廻衆がいるから、ひとりではない。が、彼らは風景としてあるかのように、誰ひとりとして信長のもとに寄りそおうとしない。

いつもは仁王にたって味方を待つが、今夜の夢のなかの信長はちがった。社殿の階に腰を落とし、うなだれている。

『三郎よ――、信長よ――』

声がして顔をあげる。白い夜着を身にまとった男がたっていた。頬がこけ、目に濃い隈がある。手足は枯れ木のように細く、たっているのが不思議なくらいだ。

病身の織田信秀である。

『なんという様だ。これが尾張織田弾正忠《だんじょうのちゅう》家の当主か。わしが樹《た》てた永楽銭の旗印を汚すに等しい腑甲斐なさよ。恥を知れ』

父の罵声を、信長はただうなだれて聞くだけだ。

やがて、馬廻衆のひとりが背をむけた。霧のように、消えていく。

『なぜ、もっと敵味方を踏みにじらなんだ』

さらに、ふたりの馬廻衆が背をむけた。残るふたりはこちらを見つつ、後ずさっていく。

『信長よ、お主はまだまだ弱い』

その瞬間、信長はまぶたを跳ねあげた。

「いかがされました」

衝立《ついたて》のむこうから声がした。不寝の番の森乱だと悟る。

「なんでもない」

答えた声には、力がこもっていなかった。

「上様、大丈夫でしょうか」

「何がだ」

「ここ何日か、いつもの上様らしくありません」

「いつものようでない、だと」

森乱が言いよどんでいたのは、わずかなあいだだけだった。

「僭越ながら、いつもの苛烈さが影を潜めていたような気がいたします。愚考するに、明智殿をお叱りになられてからです」

信長は無言だった。森乱は沈黙を埋めるようにつづける。いわく、いつもの信長なら光秀が血反吐《ちへど》を吐くまで打擲したはずだ、と。にもかかわらず、ただの一打で済ませた。それは端から見れば、老人を労わるかのようであったという。

また、その後、安土城で近衛前久《このえさきひさ》や徳川家康らと能や幸若舞《こうわかまい》を鑑賞したが、丹波猿楽の梅若大夫の能がひどく不出来だった。信長はそこでも叱りつけはしたが、褒美は他の者とまったく同額を下賜した。

「みなのあいだでも、このところの上様の行いが噂にのぼっております。天下布武を目前にして――」

「言うな」

森乱の言葉を、無理やりにさえぎった。

「申し訳ありませぬ」

衝立のむこうから恐縮する気配が届く。見れば障子のむこうが、うっすらと明るくなっていた。山上にある安土城の天主閣とちがい、差しこむ朝日はここ京の本能寺では柔らかい。

信長は朝の支度を命じた。

今日は昼から九州や畿内の大商人、公家や僧侶たちを呼んで、名物開きの会を行う。そして、茶会や宴会が夜までつづくはずだ。

九

「旅なるを、今日は明日はの神も知れ」

本能寺での宴会で、そんな歌が披露された。商人や公家たちが感心したように膝を叩いている。

「つい先日、愛宕《あたご》で明智殿が詠まれた歌だそうです。里村紹巴《じょうは》殿に教えていただきました」

まるで自分が歌ったかのように誇らしげに、近衛前久が胸をそらした。武士のようながっしりとした体格をもつ公家だ。名門近衛家に生まれ、関白、左大臣、太政大臣などを歴任した。公家にしては珍しく武を愛し、上杉謙信のもとへいき、その上洛を助けようとしたこともある。気骨の関白として、今も名を轟かせていた。

「ところで、織田殿は連歌はたしなまれぬのか」

近衛前久が問いかけてきたので、信長は首を横にふった。

「亡き父はたしなんでおりましたが、私は幸若舞の一節を諳《そら》んじる程度で、芸事には疎くあります」

「桃巖殿の連歌の腕は、ここ京にも届いておりまする。そういえば、那古野城を落としたのも、連歌の会がきっかけでしたな」

こくりと信長はうなずいた。

「その故事を思いださせる、明智殿の連歌の会ですな。亡き山科殿や飛鳥井殿がおっしゃっておりましたが、明智殿の教養は桃巖殿にひけをとらぬとか」

山科言継《ときつぐ》や飛鳥井雅綱は尾張に下向したこともある貴族で、その地で信秀らに連歌や蹴鞠の技を教授した。

こほんと咳払いしたのは、森乱だ。

どことなく、話題が武人の教養に移りつつある。信長も決して無芸ではないが、将軍義昭から鼓の技を所望されてもことわったことがあるように、ひけらかすのをあまり好まない。

空気を察した貴族や商人たちが目差しを交わらせた。必死に別の話題を探しているようだ。が、例外も何人かいる。近衛前久だった。

「織田殿はいかがであった」

「いかがとは」

「明智殿のさきほどの歌よ。どう読まれた」

信長は、今一度心中で光秀の歌を復唱する。

「惜しい、と思いました」

「惜しい――ということは、よい歌ではないと」

「そういうことではありませぬ。私めはいずれ、日ノ本を平らげて、異国へと打ってでます」

列席する客たちがどよめいた。

「その際、光秀はここ日ノ本に残します。ですが、この歌を聞き、惜しいと思いました。このような見事な覚悟をもつ武人こそを、異国への征旅の供としたくありますれば」

同感だったのか、何人もの公家たちがうなずいた。ただ、森乱だけは不思議そうな目差しを、こちらにむけている。

「近衛様、他に明智殿はどんな歌を詠まれたのですか」

商人のひとりが尋ねた。

「ああ、たしか、発句は――」

近衛前久が、思いだそうとして腕を組んだ。

「信忠様がご到着されました」

小姓のひとりが、信長の嫡男の到来を告げた。武田領の統治をまかせていたが一段落がついたので、織田信忠は京へと帰ってきている。今は、本能寺から一里（約四キロメートル）も離れていない妙覚寺を宿舎としている。

慌ただしく小姓たちが動き、信長の嫡男を招きいれる支度をはじめる。その忙しさにかまけて、商人が近衛前久に発した質問はうやむやになった。

十

はたして、強さとは何なのか。

本能寺の寝所の暗がりで、信長は自問していた。

岩室長門守は、正しく恐れ、それを乗り越えるものこそが真の強者だといった。信長は恐怖を知るために、あらゆるものに戦いを挑んだ。そして今、日ノ本で神となり、海の外に打ってでようとしている。

「父よ、私は本当に強くなったのか」

信長の声は、本能寺の暗がりのなかへと吸いこまれていく。

信長の耳が、ぴくりと動いた。

どこからか、声が聞こえてくる。

——三郎よ、お前は弱い。

「誰だ」

信長は小さく誰何《すいか》した。

——お前は……弱い。

この声は誰だ。

——織田三郎信長よ、なんじは弱い。

目を閉じ、唇を動かした。

「織田三郎信長よ、なんじは弱い」

信長自身の声と呼びかけの声が、ぴたりと重なった。

「そうか……余は弱かったのか」

信長は、長い嘆息を吐きだす。

だが、この言葉を受けいれた今は、不思議と心地よい疲れがあることに気づく。

重き荷から解放されたかのような気分だ。

突然だった。

銃声が轟く。

「何事だ」

「喧嘩か」

不寝の番をしていた小姓たちがざわめいた。

「馬鹿、喧嘩で発砲するか」

またしても銃声が轟いた。一挺でなく数百挺もの銃声は、まるで雷が本能寺の境内に落ちたかのようだ。

「まさか、むほ——」

「狼狽《うろた》えるな。すぐに物見に走れ」

信長が一喝と指示を同時に飛ばした。

立ちあがり、刀架にある刀を素早く腰にさす。が、湯帷子姿なので、帯はたよりなくしか刀を受けとめない。

命じたものの、報告を待つまでもなかった。本能寺の境内は、むせぶような殺気につつまれていたからだ。

「桔梗紋《ききょうもん》の旗指物が囲っております。気づけば、森乱が寄りそうようにして侍している。

森乱の声は、静かで穏やかだった。いや、そう信長に聞こえただけか。なぜなら、この美しい腹心はわなわなとふるえていたからだ。

「すでに十重二十重《とえはたえ》に囲まれております」

「是非もないわ」

なぜか、小姓たちが不思議そうな目で見ている。森乱もだ。

「どうした。何か余の顔についているか」

「いえ……ただ、その」と、森乱が言いよどむ。

「申せ」

「は、僭越ながら、上様のお顔を見て驚きました」

「顔だと」

「はい。笑っておられます。楽しそうに」

思わず手をやった。頰が、柔らかく緩んでいる。不思議な心地だった。絶体絶命だというのに、信長はそれを苦しからず思っている。

「お気づきになられましたか。まるで、童が笑うかのように、破顔しておられます。お仕えして三年になりますが、そのような表情はついぞ……」

そういう森乱の頰に、一筋の涙が伝った。

「そうか。余は笑っていたか」

他人を嘲ったことはあるが、心底から楽しくて笑ったのはいつ以来だろうか。

そうこうしている間に、桔梗紋を背負った武者たちが次々と本能寺の塀を乗り越えてきた。門も破られ、黒ずくめの甲冑をきた足軽も雪崩《なだ》れこんでくる。

火の粉が、辺り一面に漂いはじめた。

「さて」と、信長は目をやる。

小姓や近習たちが三十人ばかり集まっていた。見ると甲冑をきた士がふたりいる。

しかも、明智の足軽の鎧を身につけているではないか。

「湯浅甚介」

「小倉松寿《おぐらまつじゆ》」

ふたりが怒鳴るように名乗った。湯浅は桶狭間のころからの老巧の馬廻の士で、一方の小倉は近江に所領をもつまだ十代の馬廻だ。母が信長の側室になっているので、小倉のことはよく知っている。桶狭間のころからつかえる湯浅もしかりだ。たしか、ふたりは本能寺ではなく、その近くの宿舎に滞在していたはずだが……。

「本能寺に変事ありと聞き、駆けつければ、雲霞のごとき明智の手勢。上様の一大事とさとり、明智めの足軽の鎧を奪い、我ら両人まかりこしました」

顔を天にむけて、信長は笑いを放った。これほどまでに愉快だったことが、かつてあろうか。

「逃げればいいものを、そろいもそろってうつけばかりよのお」

「そのお言葉、何よりの褒美にございます」

湯浅小倉の両人が叫ぶ。

「さて」

信長は、押しよせる敵に向きなおった。刀をぬき、動きやすいように湯帷子の両袖を断つ。帯はすぐに解けそうなので、もってこさせた荒縄で腰をきつく縛った。

これで火打石と瓢箪《ひょうたん》があれば、うつけと呼ばれていたころ――父の位牌に抹香を叩きつけたころと奇《く》しくも同じ格好になる。

唇が自然と上ずるのがわかった。

「では、戦うか」

「おおう」

馬廻ふたりと小姓衆が吠えた。森乱から弓を受けとり、力の限り引きしぼる。

一際、大きな桔梗紋の旗が見えた。

光秀よ、と信長は心中でつぶやく。

――余は、強さの正体を見極められなんだ。

が、悔いは一切ない。

間違いなく、日ノ本の誰よりも強さの正体に迫ったからだ。

「そなたもまた、強さとは何かを問うのか」

ひとつたしかなのは、信長死後に光秀は己の強さの正体を思い知らされるということだ。

「光秀よ」

いや、あるいはこの後、光秀を倒す誰かよ。

「しかと心せよ。強さと弱さは、表裏一体だ。それを忘れるな」

信長は矢羽根から指をはなした。

矢が、びょうと飛んでいく。

それは桔梗紋の旗のひとつへと吸いこまれ、やがて見えなくなった。

本能寺が叫喚に満ちる。

信長の旅の終わりを、紅蓮《ぐれん》の炎が美しく彩っていた。

解　説

田口幹人

読者が、書かれている題材の歴史上の顚末を知って読んでいることが多い歴史時代小説は、結末で読者を驚かすことが難しいジャンルである。調べ上げた歴史的な知識を作品に反映するよりも、歴史として残されていない空白の部分を、著者の想像力でどんな物語を埋め込み繫ぎ合わせてくれるのかが歴史時代小説の魅力だと思っている。

歴史好きの皆さんは別として、それ以外の方々の多くは、教科書などで読んで誰でも知っている歴史的事件の数々でさえ、知っているのは、事件のあらましや、その事件に関わりを持っていた人物たちの断片的な経歴にすぎないことが多いのではないだろうか。その断片的な記憶の中の歴史上の人物たちのイメージは、映画やドラマ、小説などのフィクションを通じて得たものが多いのではないだろうか。

これまで、数多くの歴史時代小説が出版されてきた。人気の人物や事件だけでもかなりの数になるだろう。その作品群の中には、フィクションとしての歴史時代小説が、今では当たり前のように歴史上の人物像の定説として語られているものもある。

近年、歴史時代小説界を盛り上げているのは、30代から40代の実力派若手作家の皆さんの活躍が大きい。歴史時代小説というジャンルの小説を書くには、歴史の知識や史料の読解力に加え、史実を俯瞰してみる洞察力が必要とされる。だからこそ、読者も人生経験を積んだ年配のファンが多かったのだが、想像力と個性あふれる若手作家の登場によって読者層も広がり、現在の活況に繋がっている。

数多くの作品が書かれているので、切り口を新しくしなければ、読者に既視感を与えてしまう難しさがあるジャンルだが、そのために書き手の題材に対する向き合い方のスタンスが多岐にわたっているのも魅力の一つである。

本書の著者・木下昌輝さんは、まさに現在の歴史時代小説界を盛り上げている若手作家の中心的な作家の一人である。第92回オール讀物新人賞を受賞した「宇喜多の捨て嫁」でデビューし、その後も血膿の臭いが絡み付くような文体で独自の世界観を築き上げ、多くの秀作を世に送り出し続けている、今最も注目されている書き手である。

氏の作風の特徴は、人間のドロドロとした、業のようなところの生々しさと深さを描くトーンと角度にあるのだと思っている。さらに、氏はフィクションとして紡いだ物語を通じ、歴史上の人物像として定説となっているものを覆す仮説を用意し、読者にこれまでと違った歴史を見せてくれるのだ。

『信長、天を堕とす』は、氏の独特な文体は封印されているものの、歴史上最も有名な人物の一人である猛将・織田信長のイメージを覆してくれた作品だった。

本書は、こちらも木下氏同様歴史時代小説界を牽引している書き手の一人である天野純希氏との「小説幻冬」の誌上企画〝信長プロジェクト〟から生まれた作品だ。天野氏は、『信長、天が誅する』で、信長と戦いを繰り広げた人物たちの視点から間接的に信長を描き、『信長、天を堕とす』で木下氏は、信長本人の視点から信長の人物像に迫っている。一人の人物を別の作家が、違う視点で描くことで、新しい信長像を読者に提供するという面白い試みだった。「小説幻冬」の2016年12月号から2019年3月号まで交互に連載される形で発表され、その後同時に単行本化された作品である。このような経緯を経て出版された本書は、天野氏の『信長、天が誅する』と対をなす作品と言える。「桶狭間の戦い」「姉川の戦い」「一向一揆との戦い」「長篠設楽原の戦い」、そして「本能寺の変」という、信長を語る上で欠かすことのできない五つの戦いを通じ、信長が抱く恐怖心という軸を共有する形で、二人の作家がそれぞれ史実と向き合い導き出した仮説を違う視点から描くことで、五つの戦いに関わった人物たちを立体的に表現したこの試みにチャレンジした二人の書き手に敬意を表したいと思う。ぜひ、この二冊を並行してお読みいただきたい。

本書にはもう一冊対となる作品がある。「オール讀物」にほぼ同時期となる2016年1月号から2018年12月号まで連載され、後に単行本化された織田信長を題材とした『炯眼に候』（文藝春秋）である。『信長、天が誅する』との関係は、天野氏という別の作家の視点との対となっているが、『炯眼に候』と本書をセットとして読むことで、木下氏本人が描きたかった信長像が見えてくる。荒川新八郎・毛利新介・杉谷善住坊・太田又助・九鬼嘉隆・明智光秀・弥助という信長と関係のあった様々な立場の人物を主人公に据え、徹底した合理主義者である信長の炯眼を随所にちりばめつつ、信長の天下布武への道のはじまりから終焉までが描かれている。ミステリ要素も盛り込まれ、歴史時代小説だからこそ成立する謎解きの仕掛けも用意されている秀作であり、氏の代表作でもあるのでぜひご一読いただきたい。いかんいかん。『信長、天を堕とす』の巻末に付す解説の原稿を書いているのだった。

話を戻そう。

本書は、「桶狭間の戦い」「姉川の戦い」「一向一揆との戦い」「長篠設楽原の戦い」「本能寺の変」を題材とした五章で構成されている。

第一章「下天の野望」

己の強さを証明するため、宿敵・今川義元を討つと宣言し、桶狭間での戦いで勝利するまでが描かれている。信長は、なぜ数に勝る今川義元軍を討つことができたのか、という謎に迫った一篇である。今川義元の在所の把握こそ最大の肝とした信長の馬廻衆（親衛隊）を中心とした秘策とは。出陣の際、熱田神宮の境内に馳せ参じたのは赤黒の母衣《ほろ》を背負った武者が5人とその従者だけだった。信長の滅亡をかけた博打が熱狂を生み出し、勝利をつかみ取り、京を目指す覚悟を決めるのだった。腹心の馬廻衆・岩室長門守が発した一言がその後の信長の探し求める感情を決めていく。

第二章「血と呪い」

美濃斎藤家に与する織田信清の支城である丹羽郡の小口城攻めからはじまる浅井家・朝倉家との決戦を、浅井長政に嫁いだ信長の妹・お市の方を通じて描いた一篇である。

人とは理ではなく、情で動くと進言し、更に信長に対して「恐怖を受けとめて、乗り切る。それなくして、本当の強さは得られませぬ」と諭して戦地へ赴き討ち死にした岩室長門守の言葉が信長の心に深く残る。恐怖心を持っていないと指摘された信長の恐怖への執着を、お市の方とその幼い子ら、そして徳川家康と木下藤吉郎の人物造形から読み解いていただきたい。

第三章「神と人」

大坂本願寺の一向衆との戦いからはじまり、反信長という旗幟を鮮明にした宗教勢力との戦いを描いた一篇である。討ち死にした家臣の森可成の妻で、一向宗に帰依した妙向尼と、信長の教育役を務めた沢彦和尚という仏門に生きる二人との対話を通じ、一向宗の門徒の抱える真の恐怖や大乗仏教と原始仏教の根本的な違いに触れ、一向宗と浄土真宗を切り分けるという考えに辿り着く過程は、非常に興味深かった。信長の民という存在に対するスタンスや、恐怖を覚えるために己が神になると決断させた森乱との逸話が盛り込まれたこの一篇こそ本書の肝である。

第四章「天の理、人の理」

信長にとっての最後にして最大の宿敵・武田家との戦いを描いた一篇である。桶狭間の戦いと同様に、長篠設楽原の戦いにおいても天は信長に味方する。自らが神になると宣言し、分身を「盆山」と名づけ安土城の一角に建てた摠見寺に安置した。自身を神とすることで恐怖心を友にすることができた信長は、本当に強くなれたのか、という問いと向き合うことになる。現在と過去が入り乱れる形で武田軍との戦いの顛末を描いている。戦を通じた武田勝頼への評価の変遷と、旗指物をめぐる羽柴秀吉と明智光秀の人物造形は、著者の歴史観を感じることができるだろう。

第五章「滅びの旗」

桶狭間の戦いからはじまった天下布武への道のりは、戦国最大の謀反、いや日本史上最大のクーデターと言われている本能寺の変で終焉を迎えることを我々は知っている。しかし、この謀反の理由には諸説ある。果たして著者はどのようなストーリーを用意したのだろうか。一を聞いて十を察した岩室長門守同様、明智光秀もまた信長の考えを読み取った上で、信長の想像を超える行動を起こすのだった。次第に光秀を自身と重ねる信長だったが、姪である茶々との対話から明智光秀に感じた強さの出所を知ることになる。さらにタイトル「滅びの旗」に込められた様々な意味を深くかみしめていただきたい。

勇猛果敢に戦国の乱世を駆け抜けた武将・織田信長の姿ではなく、天下布武への道のりにおいて、真の強さとは何かを追い求めた孤独な男・織田信長の姿を、恐怖というキーワードで繋いだ物語と言える。
強さを追い求めた信長に、「余は弱かったのか」という言葉をつぶやかせ、最後に光秀とこの後光秀を倒し、信長が成しえなかった天下布武への道のりを歩む者へのラストの一言に、織田信長という男の人間臭さがあり、これまでとは違う織田信長の姿を感じることができるだろう。

――書店人

この作品は二〇一九年十一月小社より刊行されたものです。

信長《のぶなが》、天《てん》を堕《お》とす

木下昌輝《きのしたまさき》

令和3年8月5日　初版発行

発行人――石原正康
編集人――高部真人
発行所――株式会社幻冬舎
〒151-0051東京都渋谷区千駄ヶ谷4-9-7
電話　03(5411)6222(営業)
03(5411)6211(編集)
振替00120-8-767643
印刷・製本―中央精版印刷株式会社
装丁者――高橋雅之

幻冬舎時代小説文庫

ISBN978-4-344-43124-9　C0193　き-34-3

幻冬舎ホームページアドレス　https://www.gentosha.co.jp/
この本に関するご意見・ご感想をメールでお寄せいただく場合は、
comment@gentosha.co.jpまで。